ІВАН НЕЧУЙ-ЛЕВИЦЬКИЙ

КАЙДАШЕВА СІМ'Я

УКРАЇНСЬКА БІБЛІОТЕКА

Українська Бібліотека

КАЙДАШЕВА СІМ'Я

ІВАН НЕЧУЙ-ЛЕВИЦЬКИЙ

Ukrainian Library

KAYDASHEVA SIMYA

IVAN NECHUY-LEVYTSKY

Ілюстрація до обкладинки *З базару* Іван Соколов (1859)
Вступ © 2023, Glagoslav Publications
Про автора © 2023, Glagoslav Publications
Видавці Максим Ходак і Макс Мендор

Cover Illustration *Z bazaru* by Ivan Sokolov (1859)
Introduction © 2023, Glagoslav Publications
About the author © 2023, Glagoslav Publications
Publishers Maxim Hodak and Max Mendor

www.glagoslav.nl

ISBN: 978-1-80484-034-4

ІВАН НЕЧУЙ-ЛЕВИЦЬКИЙ

КАЙДАШЕВА СІМ'Я

GLAGOSLAV PUBLICATIONS

ЗМІСТ

ПРО АВТОРА

Іван Нечуй-Левицький (1838-1918) – видатний український письменник, критик, громадський діяч та один з провідних представників реалізму в українській літературі.

Народився 13 лютого 1838 року в селі Стеблів (Черкаська область) в родині священика. Закінчив Київську духовну семінарію, потім навчався у Київській духовній академії, закінчив академію із званням магістра

Певний час працював у Богуславському духовному училищі викладачем церковнослов'янської мови. Також викладав мову, літературу, історію та географію в Полтавській духовній семінарії, а пізніше працював викладачем у Королівстві Польському, у жіночих гімназіях Каліша та Седлеця.

Разом з педагогічною діяльністю Іван Нечуй-Левицький починає писати. Дебютував як письменник у 1860-х роках, коли він написав комедію "Жизнь пропив, долю проспав" і повість "Наймит Яріш Джеря", після чого пише романи, оповідання та нариси. Його твори були присвячені проблемам українського суспільства, зокрема зображували життя селян та робітників.

Найбільш відомі твори письменника – роман "Кайдашева сім'я" (1879), який став класикою української літератури, а також повісті: "Микола Джеря" (1876),

"Бурлачка" (1878), "Хмари" (1874), "Над Чорним морем" (1891) та інші. Ці твори характеризуються реалістичним зображенням життя та викриттям соціальних нерівностей того часу.

Іван Нечуй-Левицький вважається одним з найвидатніших українських письменників XIX століття. Його твори досі вивчаються в українських школах та університетах, а також перекладені на інші мови.

ВСТУП

"Кайдашева сім'я" – це літературний шедевр, це роман, який став одним із символів української літератури. Його автор, Іван Нечуй-Левицький, був визнаний представником українського реалізму, який своїми творами описував життя та побут українських селян. Роман став одним з найважливіших творів української літератури, який досі залишається актуальним та цікавим для читачів різних поколінь.

"Кайдашева сім'я" була опублікована в 1879 році, коли українська література переживала свій золотий вік.

Повість розповідає про життя звичайної селянської родини, що жила недалеко від Богуслава, в селі Семигори, наприкінці XIX століття. Описуючи повсякденне життя селян, автор показує, як вони борються з бідністю та тяжкими умовами існування.

Автор показує жорстокість та несправедливість, з якими зіткнулися селяни в ті часи, та демонструє руйнівний вплив іноземної влади на традиційний спосіб життя українського народу. У повісті Іван Нечуй-Левицький демонструє про те, як важко було селянам жити у складних умовах бідності та відсутності можливості отримати хорошу освіту та працювати на добрій роботі. Книга також звертає увагу на проблему взаємин між людьми. Автор зображує не лише сувору дійсність життя селян, а й показує, як український народ зберігає свою національну гідність.

Повість "Кайдашева сім'я" не просто описує життя селян, а й глибоко аналізує суспільне життя та відносини між людьми. Автор показує, як суспільство та зовнішні фактори впливають на життя

"Кайдашева сім'я" стала одним з найбільш відомих творів української літератури XIX століття і досі має значну культурну та літературну цінність.

КАЙДАШЕВА СІМ'Я

ПОВІСТЬ

I

Недалеко от Богуслава, коло Росі, в довгому покрученому яру розкинулось село Семигори. Яр в'ється гадюкою між крутими горами, між зеленими терасами; од яру на всі боки розбіглись, неначе гілки дерева, глибокі рукави й поховались десь далеко в густих лісах. На дні довгого яру блищать рядками ставочки в очеретах, в осоці, зеленіють левади. Греблі обсаджені столітніми вербами. В глибокому яру ніби в'ється оксамитовий зелений пояс, на котрому блищать ніби вправлені в зелену оправу прикраси з срібла. Два рядки білих хат попід горами біліють, неначе два рядки перлів на зеленому поясі. Коло хат зеленіють густі старі садки.

На високих гривах гір кругом яру зеленіє старий ліс, як зелене море, вкрите хвилями. Глянеш з високої гори на той ліс, і здається, ніби на гори впала оксамитова зелена тканка, гарно побгалась складками, позападала в вузькі долини тисячами оборок та жмутів. В гарячий ясний літній день ліс на горах сяє, а в долинах чорніє. Над долинами стоїть сизий легкий туман. Ті долини здалека ніби дишуть тобі в лице холодком, лісовою вогкістю, манять до себе в тінь густого старого лісу.

Під однією горою, коло зеленої левади, в глибокій западині стояла чимала хата Омелька Кайдаша. Хата потонула в старому садку. Старі черешні росли скрізь по дворі й кидали од себе густу тінь. Вся Кайдашева садиба ніби дихала холодком.

Одного літнього дня перед паликопою Омелько Кайдаш сидів в повітці на ослоні й майстрував. Широкі ворота з хворосту були одчинені навстіж. Густа тінь у воротах повітки, при ясному сонці, здавалась чорною. Ніби намальований на чорному полі картини, сидів Кайдаш в білій сорочці з широкими рукавами. Кайдаш стругав вісь. Широкі рукава закачались до ліктів; з-під рукавів було видно здорові загорілі жилаві руки. Широке лице було сухорляве й бліде, наче лице в ченця. На сухому високому лобі набігали густі дрібні зморшки. Кучеряве посічене волосся стирчало на голові, як пух, і блищало сивиною.

Коло повітки на току два Кайдашеві сини, молоді парубки, поправляли поди під стіжки: жнива кінчались, і начиналась возовиця. Старшого Кайдашевого сина звали Карпом, меншого – Лавріном. Кайдашеві сини були молоді парубки, обидва високі, рівні станом, обидва довгообразі й русяві, з довгими, тонкими, трошки горбатими носами, з рум'яними губами. Карпо був широкий в плечах, з батьківськими карими гострими очима, з блідуватим лицем. Тонкі пружки його блідого лиця з тонкими губами мали в собі щось неласкаве. Гострі темні очі були ніби сердиті.

Лаврінове молоде довгасте лице було рум'яне. Веселі сині, як небо, очі світились привітно й ласкаво. Тонкі брови, русяві дрібні кучері на голові, тонкий ніс, рум'яні губи – все подихало молодою парубочою красою. Він був схожий з виду на матір.

Лаврін проворно совав заступом по землі. Карпо ледве володав руками, морщив лоба, неначе сердився на свого важкого й тупого заступа. Веселому, жартовливому меншому братові хотілось говорити; старший знехотя кидав йому по кілька слів.

– Карпе! – промовив Лаврін. – А кого ти будеш оце сватать? Адже ж оце перед Семеном тебе батько, мабуть, оженить.

– Посватаю, кого трапиться, – знехотя обізвався Карпо.

– Сватай, Карпе, Палажку. Кращої од Палажки нема на всі Семигори.

– То сватай, як тобі треба, – сказав Карпо.

– Якби на мене, то я б сватав Палажку, – сказав Лаврін. – В Палажки брови, як шнурочки; моргне, ніби вогнем сипне. Одна брова варта вола, другій брові й ціни нема. А що вже гарна! Як намальована!

– Коли в Палажки очі витрішкуваті, як у жаби, стан кривий, як у баби.

– То сватай Хіврю. Хівря доладна, як писанка.

– І вже доладна! Ходить так легенько, наче в ступі горох товче, а як говорить, то носом свистить.

– То сватай Вівдю. Чим же Вівдя негарна? Говорить тонісінько, мов сопілка грає, а тиха, як ягниця.

– Тиха, як телиця. Я люблю, щоб дівчина була трохи бриклива, щоб мала серце з перцем, – сказав Карпо.

– То бери Химку. Ця як брикне, то й перекинешся, – сказав Лаврін.

– Коли в Химки очі, як у сови, а своїм кирпатим носом вона чує, як у небі млинці печуть. А як ходить, то неначе решетом горох точить, такі викрутаси вироб-ляє...

Карпо прикинув таке слівце, що батько перестав стругати і почав прислухатись. Він глянув на синів через хворостяну стіну. Сини стояли без діла й балакали, поспиравшись на заступи. Кайдаш скочив з ослона й вибіг з стругом у руці з повітки. Старий Омелько був дуже богомільний, ходив до церкви щонеділі не тільки на службу, а навіть на вечерню, говів два рази на рік, горнувся до духовенства, любив молитись і постити; він понеділкував і постив дванадцять п'ятниць на рік, перед декотрими празниками. Того дня припадала п'ятниця перед паликопою, которого народ дуже поважає. Кайдаш не їв од самого ранку; він вірив, що хто буде постить у ту п'ятницю, той не буде в воді потопати.

– А чого це ви поставали, та руки позгортали, та ще й верзете бог зна що? – загомонів Кайдаш до синів. – Чи то можна в таку п'ятницю паскудить язики? Ви знаєте, що хто сьогодні спостить цілий день, той ніколи не потопатиме в воді і не вмре наглою смертю.

– В Семигорах нема де і втопиться, бо в ставках старій жабі по коліна, – сказав Карпо.

– Говори, дурню! Нема де втопиться. Як бог дасть, то і в калюжі втопишся, – сказав батько.

– Хіба з корчми йдучи... – сердито сказав Карпо і тим натякнув батькові, що батько любить часто ходить до корчми.

– Ти, Карпе, ніколи не вдержиш язика! Все допікаєш мені гіркими словами...

Кайдаш плюнув і знов пішов у повітку стругать вісь. Хлопці трохи помовчали, але перегодя знов почали балакати сперши тихо, а далі все голосніше, а потім зовсім голосно.

– Карпе! – тихо почав Лаврін, дуже охочий до гарних дівчат. – Скажи-бо, кого ти будеш сватать?

– Ат! Одчепись од мене, – тихо промовив Карпо.

– Сватай Олену Головківну. Олена кругла, як цибулька, повновида, як повний місяць; в неї щоки, мов яблука, зуби, як біла ріпа, коса, як праник, сама дівка здорова, як тур: як іде, то під нею аж земля стугонить.

– Гарна... мордою хоч пацюки бий; сама товста, як бодня, а шия, хоч обіддя гни.

– Ну, то сватай Одарку Ходаківну: ця тоненька, як очеретина, гнучка станом, як тополя; личко маленьке й тоненьке, мов шовкова нитка; губи маленькі, як рутяний лист. З маленького личка хоч води напийся, а сама пишна, як у саду вишня, а тиха неначе вода в криниці.

Старий Кайдаш аж набік сплюнув, а Карпо промовив:

– Вже й знайшов красуню! Та в неї лице, як тріска, стан, наче копистка, руки, як кочерги, сама, як дошка, а як іде, то аж кістки торохтять.

– Але ж ти й вередливий! То сватай Хотину Корчаківну, – сказав Лавр і засміявся.

– Чи ти здурів? Хотина як вигляне в вікно, то на вікно три дні собаки брешуть, а на виду в неї неначе чорт сім кіп гороху змолотив.

– Ну, то бери Ганну.

– Авжеж! Оце взяв би той кадівб, що бублика з'їси, поки кругом обійдеш, а як іде...

Карпо прикинув таке слівце, що богомольний Кайдаш плюнув і знов вибіг з повітки.

Хлопці стояли один проти одного, поспиравшись на заступи.

– Господи! Чи в вас бога нема в серці, що ви в таку святу п'ятницю паскудите язики? Чи вам не треба помирать, чи ви не соромитесь святого сонечка на небі? Якого це бісового батька ви стоїте, згорнувши руки, діла не робите, та тільки язиками чортзна-що верзете! – крикнув Кайдаш і почав присікуватись до синів та махать стругом перед самим Карповим носом. Старий був нервний і сердитий, та ще більше сердився од того, що в його од самого ранку й рісочки не було в роті.

– Тату! – сказав гордо Карпо. – Ви покинули майструвать, а ми вам нічого не кажемо.

Старого неначе хто вщипнув. Він заговорив дрібно й сердито, наговорив синам сім мішків гречаної вовни, невважаючи на святу п'ятницю, та й пішов у повітку. Сини почали знов розмовлять.

– Коли я буду вибирать собі дівчину, то візьму гарну, як квіточка, червону, як калина в лузі, а тиху, як тихе літо, – сказав веселий Лаврін.

– Мені аби була робоча, та проворна, та щоб була трохи куслива, як мухи в спасівку, – сказав Карпо.

– То бери Мотрю, Довбишеву старшу дочку. Мотря й гарна, й трохи бриклива, і в неї серце з перцем. – сказав Лаврін.

Лаврінові слова запали Карпові в душу. Мотря не виходила в його з думки, неначе стояла тут на току недалечке од його, під зеленою яблунею, і дивилась на його своїми темними маленькими, як терен, очима. Він неначе бачив, як пашіло її лице з рум'янцем на всю щоку, як біліли її дрібні зуби між тонкими червоними губами. Карпо задумався, сперся на заступ і не зводив очей з того місця під яблунею, де він ніби вгледів свою гарячу мрію в червоних кісниках на голові, в червоному намисті з дукачем.

– Карпе! Чого це ти витріщив очі на яблуню, наче корова на нові ворота? – спитав Лаврін.

Карпо ніби не чув його слів та все дивився суворими очима на зелене гілля. Хотів він прогнать з-перед очей ту мрію, а мрія все стояла й манила його.

Сонце почало повертать на вечірній круг. Кайдашиха вийшла з хати і прикрила очі долонею.Вона була вже не молода, але й не стара, висока, рівна, з довгастим лицем, з сірими очима, з тонкими губами та блідим лицем. Маруся Кайдашиха замолоду довго служила в дворі, у пана. куди її взяли дівкою. Вона вміла дуже добре куховарить і ще й тепер її брали до панів та до попів за куховарку на весілля, на хрестини та на храми. Вона довго терлась коло панів і набралась од їх трохи панства. До неї прилипла якась облесливість у розмові й повага до панів. Вона любила цілувать їх в руки, кланятись, підсолоджувала свою розмову з ними. Попаді й небагаті панії частували її в покоях, садовили поруч з собою на стільці як потрібну людину.

Маруся пишала губи, осміхалась, сипала облесливими словами, наче дрібним горохом. До природної звичайності української селянки в неї пристало щось вже дуже солодке, аж нудне. Але як тільки вона трохи сердилась, з неї спадала та солодка луска, і вона лаялась і кричала на ввесь рот. Маруся була сердита.

– А йдіть, діточки, полуднувать та й батька кличте! – крикнула Кайдашиха тонким голосом.

Лаврін покинув заступа й пішов до хати. Карпо стояв, спершись на заступ.

– Карпе! Йди, серденько полуднувать! Кидай роботу. Омелько, кидай майструвать. Вже з півдня звернуло.

– Покинь мені полудень на столі: я зараз прийду, – обізвався Кайдаш з повітки, не повертаючи голови.

Сини з матір'ю пішли в хату, а батько все сидів на ослоні та майстрував. Він не обідав тієї п'ятниці і не пішов полуднувати.

Сини пополуднували й пішли знов до роботи, а старий Кайдаш все працював. Вже сонце низько спустилось над лісом, а він і не думав полуднувать.

На дзвіниці вдарили в дзвін, і тонкий дзвінкий гук задрижав і розлився по селі на всі долини. Він ударився об близьку гору, вкриту лісом, одскочив і залунав коло дальшого шпиля, а там далі розлився десь далеко понад густим лісом та все лунав слабко та тихіше й замирав десь в тихих лісових западинах. Старий Кайдаш кинув струга і перехрестився. Він надів свиту й шапку, підперезався й пішов на гору до церкви.

– Омельку! Омельку! – гукнула Кайдашиха тонким голосом. – Не забудь зайти з церкви до пана та візьми гроші за вози, бо завтра треба йти в Богуслав на ярмарок. Адже ж завтра в Богуславі ярмарок. Чи чуєш?

– Та чую, чую! – обізвався Кайдаш з-за двора й пішов на гору до церкви.

– Та, будь ласка, не заходь до шинку. Проп'єш гроші, не матимеш з чим іти на ярмарок, – знов крикнула Кайдашиха, виглядаючи з сіней.

Кайдаш прийшов до церкви; церква була ще заперта. Він сів коло дверей на кам'яних східцях і поклав шапку коло себе. На горах за шпилями, вкритими лісом, пишно горів вечірній світ сонця. Всі шпилі чорніли в тіні, а між ними в долини проривався світ пучками, заливав западини золотими пасмами, пронизував кожний верх дерева і блищав крізь зелений лист, як через кришталь. Над лісом розлився дивний спокій, а дзвін ґув та дрижав над шпилями, тричі одбиваючи свій згук. Кайдаш сидів, мов дерев'яний, і на його лиці розливався якийсь смуток та жаль. Сторож брязнув ключами, одмикаючи важкий здоровий замок. Кайдаш кинувся, аж затрусився.

Одчинили церкву. Прийшов священик з дяком і почав правити вечерню. Паламар був у полі. Кайдаш пішов у вівтар служить за паламаря, посвітив свічки перед образами й подав священикові кадильницю...

Церква була зовсім порожня, тільки в бабинці стояли три баби в намітках. Кайдаш молився, стоячи навколішки, не зводив ясних очей з царських врат, а його широке бліде лице стало жовте, як віск, жовте, як лице в ченця.

Вийшовши з церкви, Кайдаш пішов до пана за грішми. Він був добрий стельмах, робив панам і селянам вози, борони, плуги та рала і заробляв добрі гроші, але ніяк не міг вдержати їх у руках. Гроші втікали до шинкаря. Панщина поклала на Кайдашеві свій напечаток.

Забравши гроші, Кайдаш пішов додому, але при самій дорозі стояв шинок. Кайдаш не їв цілий день. Голод затяг йому живіт. "Треба випити хоч одну чарку горілки: одна чарка не гріх, бо вже од голоду аж шкура болить", – подумав Кайдаш і зайшов у шинок.

В шинку було кілька чоловіків. За столом сидів його кум з лисиною на всю голову. Кайдаш сів з ними за стіл і почав балакати, випивши чарку горілки.

– Оце, куме, так натомився, аж спина болить, – промовив Кайдаш.

– Що ж ти таке важке робив? – спитав його кум.

– Та все лагоджу вози та підробляю осі. Ота мені каторжна гора потрощила не одного воза! А вже скільки я осів поламав через ту іродову гору, то й полічити не можна.

Дорога в село йшла коло самого Кайдашевого городу. Вона спускалась з крутого шпиля, як з печі. Вози з снопами часом котились з гори і тягли вниз за собою й волів.

– То застав синів трохи розкопать шлях, – сказав кум.

– А хіба ж я один возитиму тудою снопи? Адже ж і ти возиш. Чом би пак і тобі не розкопати, – сказав Кайдаш, випиваючи другу чарку.

– Нема, бач, мені діла. Ніби я сиджу, згорнувши руки, – обізвався чоловік, – а воно було б дуже добре розкопать возвіз, та ще там трошки навскоси.

– Авжеж навскоси, щоб, бач, було не так круто: так, приміром, од того чагаря та до мого тину, – сказав Кайдаш, ще й пальцем махнув навскоси.

– Або хоч і так, приміром, навскоси од твого тину, де стоїть стара груша, та до чагарника, – сказав кум і махнув пальцем навскоси на другий бік. – От і вози були б цілі.

– Так було б ще лучче... та ще якби взяти заступом поза тим сучим горбом попід самим тином, – сказав Кайдаш, випивши чарку і запаливши люльку. Та вже й посадило той горб, неначе оту ґулю на твоїй лисині, куме! Вже той каторжний горб сидить мені отут у печінках.

– Коли б ти знав, то я вже через його підірвався: мене вже поруха взяла. Коли не їдь, то все підпирай воза спиною, – сказав кум, – всю спину поколов ік бісовому батькові.

– Та, здається, куме, і ти сам котився з тієї гори з своєю Ганною, вертаючись з хрестин? – обізвався з кутка чоловік.

– І як ті люди їздили з такої гори і не розкопали, одколи Семигори стоять, – говорив Кайдаш, наливаючи чарку з кварти.

Вже сонце зайшло, вже стало надворі поночі, а Кайдаш усе пив у шинку, доки не пропив половини грошей, і вже п'яний потягся додому.

Кайдашиха з синами вже повечеряла. Вже в хаті полягали спать, як батько застукав у двері.

– Жінко, одчиняй! – закричав Омелько й почав лупить з усієї сили кулаком у двері.

– А де ж ти, волоцюго, волочився до цього часу? – крикнула Кайдашиха з хати. – Не одчиню! Ночуй надворі, коли пропив гроші. Про мене, лягай там під тином.

– Одчини, бо вікна поб'ю! – репетував Кайдаш і лупив у двері ногою так, що поганенькі двері аж торохтіли.

– Як поб'єш, то й повставляєш. Одначе завтра в Богуславі ярмарок, – обізвалась з хати жінка.

Лаврін устав і одчинив батькові двері. Батько переступив поріг, заточився, поминув хатні двері та й пішов лапать стіни в темних сінях. Замість дверей він налапав драбину й звалив її, потрапив на діжку з водою, скинув кружок і шубовснув у воду обома руками.

Кайдашиха наносила повнісіньку діжку води. Вода через верх полилась додолу.

– Жінко! Де ти у вражого сина діла двері? – кричав Кайдаш. – Чи це я вліз у ставок? Покарала мене свята п'ятінка! Прийдеться пропасти.

Кайдашеві здавалось, що він іде через вузеньку греблю попід вербами і що він шубовснув з греблі у ставок.

– Хіба ж ти не бачиш, що ти в сінях, – сказала Кай-
дашиха.

– А може, це я згубив очі на греблі? Нічогісінько не
бачу! їй-богу, нічогісінько! А може, кум повидирав мені
баньки з лоба, – говорив Кайдаш сам до себе, – оце лиха
моя годинонька! Як же оце я прийду додому без очей?

Кайдаш махнув рукою й зачепив горщик на поли-
ці. Горщик полетів Кайдашеві на голову й гепнув об
землю.

– Яка це іродова душа кидається горшками? Марусю!
Та не кидайся-бо! При... присягаюсь, що вже більше не
буду.

Кайдашиха схопилась з постелі, кинулась до печі й
почала роздувати жар, притуливши до його суху тріску.
Вогонь блиснув на всю хату і полився через одчинені
двері в сіни.

– О! Кум вернув мені очі. Постривай же, лисий
дідьку! Я тобі завтра... я тобі оддячу!

І з тими словами Кайдаш вліз у хату. Лице його було
жовте, як віск. Рукава по лікті були мокрі, і з їх текла
патьоками вода. На землі з'явились смужки з водяних
крапель, неначе разки намиста, розкидані й поплутані
на всі лади.

– Побила мене лиха година та нещаслива! – загомо-
ніла Кайдашиха. – З чим же ти поїдеш завтра на ярма-
рок, коли пропив гроші? Треба солі, треба горшків, тре-
ба смоли. Чим ти будеш мазати вози? Настає возовиця.
Та треба дечого накупить ік весіллю. Адже ж думаєш
женить сина.

– Брешеш! Я не пропив грошей. Осьдечки гроші, та
тобі не дам, – сказав Кайдаш, вдаривши рукою замість
кишені по припічку. – Дулю візьмеш, а не гроші.

– От тепер, тату, вже не будете в воді потопати та од наглої смерті помирать, – обізвався з лави Карпо насмішкуватим голосом.

– А ти чого обзиваєшся? Матері твоїй сторч та й борщ! Спи отам, коли ліг, а то я тебе палицею зверху, – сказав Кайдаш, заточившись і впавши на лавку.

– І годі вже тобі! Ще мало того крику, – спиняла мати Карпа.

Кайдаш кинув свиту на лаву в куток, звалився, але не дістав головою до свити. Голова стукнула, неначе хто кинув на лаву гарбуза. Він як упав, так і захріп на всю хату. Кайдашиха погасила каганець, і в хаті все стихло і втихомирилось. Тільки собаки надворі ще довго брехали, роздратовані криком та світлом у хаті в таку пізню добу.

Всі поснули в хаті, тільки Карпо довго не спав і все неначе бачив під зеленою яблунею свою мрію в червоних кісниках на голові та в червоному намисті з дукачем.

II

Другого дня, в суботу, на свято паликопи, Кайдаш з жінкою поїхав на ярмарок, звелівши синам забрать заступи та розкопать трохи дорогу з гори. Карпо й Лаврін зостались дома. Минув день. Сонце стояло на вечірньому прузі, а Кайдаш не вертався додому. Карпо накинув свитку на плечі й пішов на той куток, де жила Мотря Довбишівна. Од учорашнього дня вона не виходила в його з думки.

Довбиш був багатий чоловік; він жив на самому кінці села, там, де глибокий яр входив у ліс вузьким клином. В самому кутку того яру блищав маленький Довбишів ставочок. Над ставком стояла Довбишева хата, вся в черешнях. Од вулиці було видно тільки край білої стіни з сінешніми дверима. Густі високі вишні зовсім закривали од вулиці вікна й стіни, наче густий ліс.

Карпо йшов помаленьку, скоса поглядаючи на Довбишів двір. Перед ним блиснув вугол білої стіни, підперезаний внизу червоною призьбою; зачорніли чорною плямою одчинені двері з одвірками, помальованими ясно-синьою фарбою з червоною вузькою смужкою навкруги. Довбишева хата була нова, велика, добре вшита, з чималими вікнами. Коло вікон висіли віконниці, помальовані ясно-синьою фарбою.

Карпо став за двором і сперся на ворота. Мотря вийшла з хати з глиняником у руках. Вона збиралась мазать червоною глиною припічок. Другий глиняник з білою глиною стояв коло порога.

– Будь здорова, чорноброва! – сказав Карпо, не здіймаючи бриля і легенько кивнувши головою.

– Будь здоров, нечорнобровий! – обізвалась Мотря.

– А йди, лишень, сюди, Мотре, щось маю тобі казать.

– Як схочеш, то й сам прийдеш. З чорнявим постояла б, а рудому – зась.

Карпо був білявий, але волосся на його голові звершечку було трохи рудувате.

– А хіба ж я рудий? То тільки собак дражнять рудими, – сказав Карпо.

Мотря стояла під хатою проти білої стіни. Висока на зріст, рівна станом, але не дуже тонка, з кремезними ногами, з рукавами, позакачуваними по лікті, з чорними косами, вона була ніби намальована на білій стіні. Загоріле рум'яне лице ще виразніше малювалось з чорними тонкими бровами, з темними блискучими, як терен, облитий дощем, очима. В лиці, в очах було розлите . щось гостре, палке, гаряче, було видно розум з завзяттям і трохи з злістю. Сонце било на Мотрю косим промінням, освічувало її з одного боку, обливало жовтогарячий кісник на голові та червоне намисто на шиї.

– Мотре! Чи дома твій батько та мати? – спитав Кайдашенко з-за воріт.

– Нема, поїхали на ярмарок. А тобі нащо?

– Так собі питаю, – сказав Карпо і помаленьку, не хапаючись, переліз через перелаз у двір.

– Чого це ти, Кайдашенку, лазиш через наші перелази? Наші пороги для тебе дуже низькі, – сказала Мотря.

Карпо не зачіпав дівчат, не жартував з ними. Дівчата звали його гордим.

– Та хоч би й високі, то перескочимо. Здорова була, Мотре! – сказав Карпо, подаючи їй руку.

Мотря руки не подала і підставила глиняника. Карпо взяв її за руку вище од ліктя здавив так, що Мотря крикнула на ввесь двір.

– Оцього я вже не люблю! – крикнула Мотря.

– Мотре! Хто тобі купив оті червоні кісники?

– Купив хтось, та не скажу. Не питай, бо старий будеш, – задріботіла Мотря й блиснула двома рядками маленьких дрібненьких зубів.

– Та покинь отого глиняника! – сказав Карпо і хотів однять од неї драного горшка.

Мотря сіпнула глиняника до себе; шматок горшка зостався в Карпових руках. Червона глина полилась по землі.

– Геть, одчепися од мене, бо мати лаятиме, що я й досі припічка не підвела, – сказала Мотря, але не пішла в хату підводить припічок, а почала мазать призьбу. Мотрі хотілось пожартувать з Карпом. Тільки що вона почала мазати призьбу од порога, Карпо сів на призьбі.

– Ей, встань, бо я й тебе підведу червоною глиною: будеш ще рудіший, – сказала Мотря, махаючи віхтем коло самого Карпа.

– Мотре! Хто це тобі купив таке гарне намисто? – спитав Карпо.

– Та вже ж не ти, – сказала Мотря і знов махнула віхтем коло самого Карпа; Карпо посунувся ще далі.

– А якби я купив тобі намисто, щоб ти сказала?

– Не знаю, що б я сказала, – промовила Мотря.

Карпо одсунувся на самий край призьби; далі вже й призьби не було.

– Вставай, бо зіпхну! – крикнула Мотря.

– Ану пхни, чи подужаєш? – промовив Карпо й осміхнувся.

– Тікай, бо, їй-богу, пхну. Я не подивлюсь тобі в вічі, – крикнула Мотря й замахнулась на Карпа віхтем. Червона глина бризнула трьома кров'яними крапельками на білу Карпову сорочку.

Карпо схопився й зачепив ногою глиняник. Глиняник перекинувся й покотивсь з горбика. Карпо обернувся, щоб не замазать чобіт, і зачепив п'ятою другого глиняника з білою глиною, що стояв коло самого порога. Глиняник покотився на середину двору, а за ним простяглася біла стежка, неначе хто простелив од порога білий рушник.

– Чи ти здурів, чи ти збожеволів! – крикнула Мотря на ввесь двір. – Ой лишечко мені! Що ж оце буде, як мати надійдуть з ярмарку?

Карпо стояв серед двору й осміхався. Він ніколи не сміявся гаразд, як сміються люди. Його насуплене, жовтувате лице не розвиднювалось навіть тоді, як губи осміхались.

– Візьми ж та поприбирай, бо я не знаю, що це мені мати скажуть. Це ж мати купила на ярмарку вальок отієї червоної глини за цілого п'ятака, – промовила Мотря жалібним голосом.

– Ану, Мотре, заплач! Я ще зроду не бачив, як дівчата за глиняниками плачуть.

– Добрі смішки! Як візьму оцього віхтя та обмажу тобі голову, то ти більше не будеш мені глиняників перевертать.

Мотря нахилилась, вхопила з землі віхтя з червоною глиною і вже замахнулась, щоб кинуть ним на Карпа

– Не сердься: найму завтра музики, – промовив Карпо.

Мотря бачила, що Карпо залицяється до неї, і здержувала свій гнів. Другому парубкові вона б і справді обмазала глиною потилицю.

Тільки що Мотря замахнулась віхтем, за вербами заторохтів кінський візок. Мотря опустила руку.

– Боже мій! Їй-богу, мати з батьком їдуть з ярмарку. Карпо скочив через перелаз і пішов попід тином. По другий бік вулиці котився візок і підкотився під ворота. Довбишка зараз угляділа під хатою дві смуги розлитої глини і два глиняники, що качалися серед двору.

– А це, дівко, що таке? – крикнула мати з воза. – Чи ти п'яна, чи твереза, що поперекидала серед двору глиняники?

– Та тут ускочив у двір чийсь кабан. Як почала я ганяться за ним а він, проклятий, як дременув попід хатою, то й поперевертав обидва глиняники, – говорила Мотря.

– Це, мабуть, рябий Парасчин кнур? Він, каторжний, скакає через тини, як собака, – промовила мати. – Чом же це ти не підвела перше припічка, та заходилась коло призьби? – говорила мати, ввійшовши в хату.

– Оце, господи! Чом та чом? – крикнула й собі Мотря. – Якби не той каторжний кнур, бодай він луснув, я б досі все діло поробила, – сказала Мотря, осміхаючись до стіни.

Карпо тим часом прийшов додому й застав уже батька й матір дома. Тільки що він увійшов у двір, батько спитав його:

– Де ж це ти, Карпе, був? Може, розкопував шлях через гору?

– Через яку гору? – спитав Карпо, не дивлячись на батька.

– А через оту-о! Хіба не бачиш? – сказав Кайдаш, показуючи рукою на крутий шпиль, що трохи не висів над його садком. – Я ж вам обом казав, щоб ви трохи розкопали дорогу навскоси. Одначе сьогодні не можна жати, а копать можна.

– Хіба я здурів, щоб гори розкопував, – сердито обізвався Карпо.

– А як же ми возитимемо снопи? – сказав батько.

– Так, як і возили, – знехотя сказав Карпо.

– А хіба ж мало осів ми там поламали?

– То ще з одну або зо дві поламаємо. Цілий куток їздить через гору, а я буду її розкопувать. Оце справді штука!

– А хто ж її розкопає, як ми не почнемо? Комусь треба почать, – сказав батько.

– Як хтось почне, то й я копирсну заступом скільки там разів, – сказав Карпо і пішов у хату.

– І я так само, – обізвався Лаврін та й собі пішов у хату.

Старий Кайдаш тільки рукою махнув, розпрягаючи воли: були пани, шляху не розкопали, настала волость, а шлях все-таки не розкопаний.

– Не буду ж і я його копать. Нехай його чорти розкопують, коли знайдуть у йому смак, – бубнів сам до себе Кайдаш.

На дзвіниці вдарили в дзвін. Старий Кайдаш зняв шапку, тричі перехрестився і пішов до церкви, загадавши синам ладнати два вози з рублями для возовиці.

Другого дня світом вони збирались їхать на поле по снопи, незважаючи на те, що була неділя. Селяни поважають неділю й празники і не роблять ніякої роботи, але не мають за гріх одного діла: возити в неділю та в празник снопи.

В неділю вранці перед службою Мотря Довбишівна прибиралась до церкви. Вона принесла з хижки зав'язані в хустці квіти та стрічки і розсипала їх по столі, застеленому білою скатертю; принесла й поставила на лаві червоні сап'янці. Довбишівна сіла на круглому дзиґликові коло стола, а подруга-сусіда наділа Мотрі на голову кибалку, вирізану з товстого паперу, схожу на вінок; на кибалку, над самим лобом, поклала вузеньку стрічку з золотої парчі, а потім клала стрічки одну вище од другої так, що над лобом було видко пружок од кожної стрічки. Всю кибалку кругом і всі коси вона обтикала квітками з червоних, зелених, синіх і жовтих вузеньких стьожок. За вуха вона позатикала пучки дрібненького барвінку, качурині кучері та павині пера і потім розстелила по спині двадцять довгих кінців стрічок до самого пояса.

– Нащо це ти, Мотре, так прибираєшся? – спитала в неї мати. – Тепер же не велике свято. Нащо ти надіваєш всі квітки та стрічки?

– Та коли залежались у скрині. Хочу трохи провітрить, – сказала Мотря, але в неї була зовсім інша думка. Карпо обіцяв для неї найнять музики. Вона сподівалась побачиться з ним у церкві.

Мотря вбралася в зелену спідницю, в червону запаску , підперезалась довгим червоним поясом і попускала кінці трохи не до самого долу, одяглась в зелений з червоними квітками горсет, взулась в червоні чоботи, наділа добре намисто, взяла в руки білу хусточку та й пішла до церкви. Вся її голова аж ніби горіла квітками проти сонця. Павине пір'я блищало й миготіло, а золотий пружок парчі на чорних косах сяв і надавав краси тонким чорним бровам та блискучим очам.

Вона дійшла до Кайдашевого двору. Саме тоді з крутого шпиля з'їжджали два вози з снопами, неначе два стіжки котились з гори. То віз снопи Кайдаш з двома синами. Високі вози посхилялись на воли й кололи їх в спину гострою соломою та остюками. Воли аж позадирали голови вгору та повитріщали здорові очі.

– Карпе! Держи-бо цабе! – крикнув батько на сина. – Поминай колесом отой каторжний горбок.

– Цабе, сірий! Цабе, моругий! – крикнув Карпо і крутнув батогом над рогатими головами.

Але саме в той час він глянув униз. Проз їх двір ішла Мотря в квітках та стрічках. Червона запаска, червоні чоботи, як жар, пояс – все блищало й сяло проти вранішнього сонця, як щире золото. Карпо задивився на те диво, а віз вискочив уже одним колесом на крутий горбик.

– Держи цабе! – крикнув не своїм голосом старий Кайдаш, побачивши, що він нахиляється на один бік. – Чи ти оглух, чи ти осліп! Карпе, держи-бо цабе!

Карпо не міг одірвать очей од Мотрі, а віз усе нахилявся набік. Батько кинув заднього воза і побіг з гори до переднього та все кричав: цабе, сірий, цабе! Віз вискочив колесом на горбок і перекинувся набік. Передня вісь хруснула, як тріска, а колесо зав'язло в рівчаку.

– Ой, лиха моя година та нещаслива! – крикнув Кайдаш. – Це ж мене покарала свята неділя. І нащо було сьогодні їхати по снопи?

Не встиг Кайдаш набідкаться, як задній віз нагнався на передній і перекинувся.

Тим часом на дзвіниці вдарили в усі дзвони. Всі люди, що сиділи коло церкви, повставали й почали хреститься. Кайдашеві було видко увесь шпиль, на котрому стояла церква, всіх людей коло церкви. Він зняв шапку і почав хреститись.

– Господи милостивий та милосердний! Покарала мене й свята неділя, й свята п'ятниця. Тепер хоч сядь та й плач! – говорив Кайдаш і трохи не плакав.

– Вас, тату, все карає як не п'ятниця, так неділя, – сказав Карпо насмішкувато.

– Ти вже в нас великорозумний. Коли б пак було копирснуть хоч раз заступом того каторжного горбика! Що ж тепер будемо на світі божому робити? – бідкався старий Кайдаш.

– Кидаймо снопи та ходім до церкви, – сказав Карпо.

В старого батька й справді була така думка. Йому хотілось одмолитись за свій гріх. Карпові ще більше хотілось до церкви. Він тільки поглядав, як Мотря йшла на гору до церкви, як увійшла в браму, як перейшла цвинтар під зеленими вишнями й стала коло самих дверей, коло дівчат.

Карпо глянув на вози й важко здихнув. Треба було братись за роботу.

Вже задзвонили на "Достойно", як Кайдаш з синами впорався коло воза, одвіз снопи в двір, а на горі зостався тільки поламаний віз.

Старий Кайдаш накинув свиту й пішов до церкви одмолюватись за свій гріх. За ним слідом пішов і Карпо, щоб подивитись на Мотрю.

Карпо перейшов цвинтар і тільки встиг кинути очима на Мотрю. Вона зумисне стала коло дівчат з самого краю. Карпо ледве вглядів на ходу її гострі, як ніж, очі, вхопив її блискучий погляд з-під вінка квіток та зеленого листя.

Виходячи з церкви, Карпо догнав Мотрю за брамою. Її довгі стрічки маяли на вітрі, неначе листя розкішного хмелю, що почіплявся на тополі. Мотря затулила губи хустиною, але зараз їх одтулила й сміливо спитала:

– Чи вийдеш по обіді на музики?

– Вийду! А ти, Мотре, вийдеш?

– Вийду, хоч би й мати не пускала, – одказала Мотря і побігла на греблю та й сховалась за вербами, тільки червоні стрічки блищали між зеленим листом.

"Ой, важу я на цю дівчину вражу, та не знаю, чи буде вона моєю: в'ється, як в'юн у руках, та коли б не вислизнула з рук", – подумав Карпо та й пішов у хату.

По обіді на вулиці вдарили троїсті музики і пішли через все село до корчми, виграваючи дорогою. Заворушились дівчата на городах та в садках, висипались на вулицю, аж перелази затріщали. Жнива кінчились, наставав вільніший час. Дівчата збирались на гулянку під корчмою. Корчма стояла коло греблі над ставком між високими вербами. Всі дівчата були тільки в червоних кибалках, одна Мотря прийшла в квітках та в стрічках. Дівчата зглядались одна з другою та все поглядали на Мотрю. Між парубками зачорніла висока смушева Карпова шапка. Карпо найняв музики дівчатам. Усі дівчата здивувались. Ніхто не догадавсь, що він найняв музики для однієї Мотрі. Мотря пішла у танець і повела за собою других дівчат. За дівчатами пішли в танець хлопці. Тільки Карпо стояв оддалеки, заклавши одну руку за

ІВАН НЕЧУЙ-ЛЕВИЦЬКИЙ

пояс. Він не любив і не вмів танцювать. Оддалеки він спідлоба дивився на Мотрю, як на її плечах манячіли довгі кінці стрічок, як дріботіли в танцях її червоні чоботи, як бряжчало на шиї добре намисто з дукачами.

Музики разом стали, неначе струни порвали. Дівчата перестали танцювать. Карпо все стояв та скоса поглядав на Мотрю. Він не приступив до неї, не розмовляв з нею. Мотрю почала брати злість. Надвечір дівчата почали розходитись. Пішла додому й Мотря, трохи сердита на Карпа. Карпо наздогнав її і пішов з нею поруч, але довго не промовляв і слова. Мотря мовчки лузала насіння. Довбишів двір був недалечко. Вже було видко садок і задимлений верх. Вони пішли греблею.

– Чого це ти, парубоче, слідком ідеш за мною? Мати вглядить та ще й вилає, – сказала Мотря, не дивлячись на Карпа.

– А як я свисну за садком, чи вийдеш?

– Я б обсадила черешнями двір, щоб і твого голосу не було чуть.

– Чому ж так?

– Хто тебе знає, чи ти гордий, чи ти пишний, чи гордо несешся? Я не знаю, чи ти мене вірно любиш, чи з мене смієшся. Ще й слави на все село наробиш.

Карпо спинився під вербою на греблі. Мотря і собі стала.

– Я не гордий, я не пишний і гордо не несуся. Я тебе, Мотре, щиро люблю і з тебе не сміюся.

Мотря стала якась добріша і ласкавіша. Вона осміхнулась і глянула Карпові просто в вічі. Її блискучі очі неначе легка роса присипала.

– Як зійдуть зорі на небі, я видам матері вечерю та й вискочу на часок у садок. Прощай, Карпе! – сказала

Мотря і крутнулась перед ним так швидко, що її стрічки обсипали йому лице, ніби пухом.

"Ой ти, дівчино, з кучерявої рути-м'яти звита та з гостролистої шельвії!" – подумав Карпо і повернув назад до дому.

Минуло неділь зо дві. Вже кінчалось літо. Перед самим Семеном Карпо заслав до Мотрі старостів. Старости заміняли хліб; Мотря не цуралася Карпа.

На Семена старий Кайдаш надів нову чорну свиту, засунув за пазуху паляницю, взяв у руки ціпок і пішов з своєю жінкою до Довбишів у гості. Кайдашиха вбралась, як у неділю, в горсет, в жовті чоботи, в нову білу свиту, ще й засунула в рукав білу хусточку. Довбиші були багатенькі, і Кайдашеві хотілось себе показать перед багатирями.

Кайдаш з жінкою ввійшов у Довбишів двір. Надворі було гаряче, як літом. Сонце тільки що звернуло з півдня. Кайдашиха стала коло воріт і обтерла полою пил з жовтих чобіт. Недалеко од хати під грушею Мотря терла коноплі, її руки ходили ходором. Терниця гавкала під її руками, як сучка, дрібно та голосно, аж скрипіла, аж вила. Жменя конопель маяла в її руці неначе лисячий хвіст.

– Добридень, моя дитино! Боже, поможи! – промовила Кайдашиха до Мотрі тоненьким голосом.

– Доброго здоров'я! Спасибі! – обізвалась Мотря з садка, і її руки не переставали ворушити мечик терниці. Вона тільки підвела голову вгору і знов спустила очі на терницю.

– Чи батько та мати дома? – спитала Кайдашиха.

– Дома. Вони в хаті, – обізвалась Мотря, і терниця замовкла на хвилину та й знов загавкала на ввесь садок.

Довбишка виглянула в вікно й догадалась, що Кайдаші йдуть на розглядини. Вона миттю заслала скатертю стіл, поклала на столі хліб, накинула на себе горсет, а Довбиш вискочив у сіни, вскочив у хижку і накинув на себе свиту.

Ще Кайдашиха розмовляла в дворі з Мотрею, а Довбишка одчинила сінешні двері й стала на порозі. Кайдаші привітались до Довбишки. Хазяйка попросила їх у хату. В сінях гостей стрів Довбиш і поцілувався з ними. Всі вони ввійшли в хату, і гості знов поздоровкались з хазяїнами.

Кайдашиха поклала на стіл паляницю. Довбишка взяла паляницю в руки, поцілувала й знов поклала на стіл.

– Як вас, свахо, бог милує? Чи живі, чи здорові, моє серденько? – говорила Кайдашиха тонким голосом та все пишала губи.

– Спасибі вам, свахо! Живемо потрошку, хвалити бога. Сідайте, свахо, щоб старости сідали, – просила хазяйка.

– Та дай же, боже, щоб старости сідали. Як дасть господь милосердний, то, може, й справді старости незабаром сядуть у вас, – говорила Кайдашиха, втираючи губи й вид хусточкою, хоч на губах і на виду нічогісінько не було.

– Чи це ви, свахо, запилились? – спитала в Кайдашихи хазяйка.

– Еге, моє серденько. Надворі душно, неначе серед літа, – сказала Кайдашиха і знов удруге обтерла вид хусточкою. Вона любила чепуритись і держала себе дуже чисто. Все на їй було чистеньке, неначе нове.

Кайдашиха сіла коло стола на ослоні. Кайдаш балакав з хазяїном.

– Та сідайте-бо, свахо, за стіл! – просила хазяйка. Кайдашиха пересіла з ослона на лаву. Вона дуже церемонилась і була прохана. Пробуваючи на службі в панів, вона набралась од їх чимало пишання.

– Та сідайте-бо, свахо, за стіл, будьте ласкаві. Оце, господи! А ви, свату, чого це стоїте? Сідайте за стіл, а то ще й старости наші спротивляться.

Кайдаш поліз за стіл. Кайдашиха тільки трохи посунулась по лаві до стола й очі спустила додолу.

– Оце, господи! Сідайте-бо, свахо, коли ваша ласка, на покуті! Ви ж таки наша сваха! – припрошувала хазяйка Кайдашиху.

Кайдашиха зовсім спустила очі, запишалась, втерла губи хусточкою і посунулась на саме покуття. Вона ледве підвела очі й глянула на хату.

– Де це моя Мотря? Оце загаялась за тією роботою. Вже й час полуднувать, – говорила хазяйка, вештаючись по хаті.

– Та й робоча ж ваша дочка! Що за золота в вас дитина. Там так пильнує коло роботи, що й не розгинається. Ото, моє серце, гарну невісточку матиму, коли дасть господь милосердний довести діло до ладу, – заговорила Кайдашиха, неначе в розмові мед розлила по хаті.

Довбишка гукнула на Мотрю. Мотря ввійшла в хату і стала коло порога. Мати загадала їй зібрати з глечика сметану та накришить сала. Сама хазяйка накраяла хліба, а хазяїн вніс з хижки бокату пляшку горілки і поставив на стіл. В горілці плавав червоний стручок перчиці, неначе тільки що вирваний на городі. Кайдаш глянув на перець, і в його слинка потекла.

Мотря поставила на стіл полумисок з сметаною й тарілку з шматочками сала. Кайдашиха не зводила з

Мотрі очей, неначе хотіла випитать всю її душу. Її очі з м'якеньких стали зразу тверд--енькі. Брови насупились, а осміх злетів з уст і ніби вилетів з хати.

– Спасибі тобі, моє серце кохане, що ти нас вітаєш, – промовила Кайдашиха до Мотрі, і знову на її уста прилинув осміх, а з словами неначе полилась патока з уст.

Кайдашиха сіла, згорнувши руки, ніби тільки що запричастилася й прийшла з церкви.

Мотря підвела на будущу свекруху гострі очі й постерегла ту патоку своїм пронизуватим розумом. Той солодкий медок одразу не сподобався Мотрі.

Тим часом Довбишка звеліла дочці розкласти в челюстях трусок і спрягти яєчню. Мотря почала поратись коло печі. Хазяїн налив чарку перцівки. В Кайдаша натекло повний рот слини. Він насилу здержався.

Хазяїн підняв чарку вгору і почав приказувать:

"Даруй же, боже, нам щастя й здоров'я, а померлим пошли, господи, царство небесне. Поможи нам, боже, довести діло до кінця, а ти, дочко, будь щаслива й здорова. Як будеш свекрові та свекрусі покірненька, буде твоя голівонька веселенька".

Хазяїн випив усю чарку до самого дна, щоб не зоставалось на сльози, знов налив і подав Кайдашеві.

Кайдаш устав, приказав до чарки кілька слів і швидко вкинув у рот горілку. Хазяїн знову налив чарку і подав Кайдашисі. Кайдашиха взяла чарку і наговорила приказок живим і мертвим повнісіньку хату.

– Даруй же, боже, нам і нашим дітям вік довгий та щасливий, щоб ти, моя доню, була здорова, як вода, щоб цвіла довіку, як рожа, щоб ти закрасила мою хату, моя втіхо, як зозуля садочок, приголубила мою старість. Пошли тобі, боже, вік веселий, як рибі в морі.

Кайдашиха ледве помочила губи в горілці, хоч і любила горілочку.

Кайдаш глянув на жінку і подумав: "І на якого нечистого вона розпустила язика!" Йому дуже заманулось випити по другій.

– Що це ви, свахо, так мало випили? – припрошувала хазяйка.

– Ой, буде, буде? – залепетала Кайдашиха. – Така гірка, як полин! Я не знаю, як ті п'яниці її п'ють.

– Та випийте-бо, свахо, більше. Невже оце ви зоставляєте стільки на сльози? – просила хазяйка.

Кайдашиха знов притулила губи до чарки і трохи не помилилась та не хильнула до дна, але якось схаменулась, вкинула в рот один ковток і дуже скривила губи.

– Та випийте-бо, свахо, повну! – знов просила хазяйка.

– Ой, буде, моє серденько! Коли б не впиться, – сказала Кайдашиха і оддала хазяйці чарку в руки, закусивши хлібом та салом.

Довбиш налив чарку і покликав до стола Мотрю. Мотря взяла чарку, ледве промовила кілька слів, дуже швидко притулила чарку до губ і ще швидше її одвела, неначе губи чаркою попекла, і одвернулась, втираючись рукавом. Гості й хазяїни почали полуднувать, знов випили по чарці й розговорились. Кайдашиха щебетала, але все крадькома скоса поглядала очима на скриню, що стояла на полу, на жердку, на подушки. Вона дуже любила чванитись і почала розказувать, як її шанували пани та попи.

– Оце недавно, серденько моє, просили мене готувать обід аж у Дешки: у священика були хрестини. Господи милосердний! Наїхало гостей повнісінькі хати, а я на всіх настачила. Вже як пороз'їздились гості, а матушка й кличе мене в покої, садовить мене на стільці за столом, сама сідає зо мною вечерять. Так мене частувала, спасибі їй, та все припрошує: та випийте-бо, пані Марусю, та їжте-бо, пані Кайдашихо. Їй-богу, правду кажу, п р о ш е вас.

Мотря одвернулась до порога й засміялась. З того п р о ш е сміялись по всьому селі і дражнили через те слово Кайдашиху пані економшею.

– Коли б мені тільки господь віку продовжив, а я вже доведу до пуття тебе, Мотре. Господи, чого я не повиучувалась у панському дворі!

Та згадка за панський двір навела думку про недавню панщину, навела сум на всіх. Кайдашиха примітила теє і звернула на іншу стежку.

– А що вже за своїх синів, то, їй-богу, гріх буде не хвалити їх. В мене два сини, неначе два соколи. Що вже що, а на старість прикриють мене орлиними крилами. Хвалити бога, буде до кого прихилиться. Що за люба дитина мій Карпо, такий слухняний, такий тихий, хоч у вухо бгай. Такий він був і маленьким: оце, було, покину в колисці, піду на город, вернуся, а він лежить – ані писне. Мої сини неначе пахучі васильки на городі.

Довбиш і Довбишка слухали, слухали Кайдашиху, аж роти пороззявляли, а Кайдаша брала злість. Він усе ждав, щоб його жінка хутчій стулила рота та щоб хазяїн наливав по чарці. Червоний перець у горілці дражнив його, неначе цяцька малу дитину, а жінка розпустила розмову на всю губу. Він не видержав.

– І годі тобі хвалитись дітьми. Хвалила ж сова своїх дітей, що нема кращих на світі, а яка ж там совина краса? – сказав Кайдаш.

– Авжеж, що правда, то не гріх, – притакнула Довбишка й неначе підлила масла в вогонь.

– Я не хвалю своїх синів, але, коли правду сказати, то на всі Семигори немає таких хлопців, як мої. Що вже робочі, слухняні, покірливі, то дай, боже, таких дітей усякому. Мого Лавріна. п р о ш е вас, хоч у пазуху сховай, а як іде селом, то дівчата аж перелази ламають.

Кайдашиха й сама не вважала, що перейшла міру. Карпо зовсім не слухав не тільки її, але навіть батька, а покірним він не був навить малим хлопцем.

Мотря напрягла яєчні й подала на стіл. Довбиш знов почастував гостей. Кайдашиха випивала вже по повній, не кривила рота й губів не втирала хусточкою. Чарка частіше пішла кругом стола. В пляшці вже зостався на дні тільки червоний стручок. У Кайдаша і в його жінки посоловіли очі. Вони встали з-за стола й почали прощатись, обніматься та цілуваться. Кайдашиха спіткнулась на порозі.

– Дасть бог, поженимо дітей, то я для Карпа прироблю хату через сіни, – сказав Кайдаш, виходячи за ворота. – В мене синами не поле засіяно. Лаврін зостанеться в моїй хаті, а Карпо житиме через сіни в противній хаті.

– О то добре, свату! Як будуть шануватись, то помиряться, а як не схотять, то як схотять! – сказав Довбиш, випроводжаючи сватів за ворота.

– Де вже, щоб мої сини та не помирились! На цілому світі нема таких слухняних дітей, як мої сизоперці орли! – хвалилась Кайдашиха, виходячи через ворота на вулицю.

– Прощайте, зоставайтесь здорові! Спасибі вам за хліб, за сіль та за вашу ласкавість! – прощалась Кайдашиха, гукаючи за ворітьми.

ІВАН НЕЧУЙ-ЛЕВИЦЬКИЙ

III

Після другої пречистої Карпо повінчався з Мотрею. Чотири дні грали музики, чотири дні пили й гуляли гості в Довбиша.

В четвер ранесенько, тільки що почало на світ благословиться, Кайдашиха прокинулась і збудила невістку.

– Мотре! Вставай, моя дитино, затопи в печі, та як будеш розкладать дрова, то поклади на двох полінах переклад, та вибирай, моє серденько, товстенький переклад, щоб дрова швидше розгорілись. А як приставиш окріп, то піди видій корову та оджени вівці до череди.

Мотря прокинулась і через сон насилу розчовпала, що свекруха вчить її розкладать дрова в печі, неначе її й того мати не навчила. Мотря встала, розпалила в печі й приставила чавун з водою.

– Піди ж, моя доню, видій корівку. Я трохи ще полежу. Чогось я нездужаю. Так у мене болять ноги! Ох-ох-ох! – застогнала на печі Кайдашиха, укриваючись рядном.

В хаті ще всі спали. Мотря пішла, видоїла корову, процідила на цідилок молоко й погнала до череди корову. Вертається вона в хату, а свекруха спить на печі, аж хропе.

– Чи одігнала до череди? – спитала спросоння Кайдашиха, прокинувшись. – Візьми ж, моє серце, начисть картоплі на борщ та накриши буряків, а я ось зараз встану та покажу тобі, як борщ накидать.

Мотря заходилась чистить картоплю, а Кайдашиха знов зо сну охала на печі й встала тоді, як надворі зовсім розвиднілось. Вона вмилась, стала перед образами й довго молилась, доки Мотря не наклала в горщик картоплі, буряків та капусти. Свекруха хрестилась, а скоса все поглядала на невістчині руки. Розумна Мотря й собі спідлоба поглядала на свекруху й постерегла той косий погляд.

Кайдашиха помолилась богу й почала знов навчати невістку, як наливать борщ, як затовкувать, коли вкидати сало. Вона стояла над душею в Мотрі, наче осавула на панщині, а сама не бралась і за холодну воду.

– Як приставиш до вогню борщ та кашу, то вимети хату та накришиш сала на вишкварки до каші, – знов порядкувала Кайдашиха, згорнувши руки, а далі знов полізла на піч, заохала й знов лягла одпочивать.

Мотрі стало легше, що свекрушині очі не слідкують за її руками. "Але чом оце свекруха не береться до роботи?" – подумала вона.

Кайдашиха була зовсім здорова й дурила свою невістку. Вона була рада, що взяла в свою хату добру робітницю, і почала залежуватись. В печі зашкварчав горщик.

– Мотре! – крикнула вже не дуже солодким голосом свекруха з печі. – Чом-бо ти не глядиш страви? Адже ж як збіжить сало, то борщ доведеться хоч собакам виляти.

Мотря замітала сіни. Вона кинула об землю віником і побігла до печі.

– Якби я могла розірватися надвоє, то я б і сіни мела, і коло печі стояла, – промовила Мотря неласкавим голосом.

В хату перегодя ввійшов Кайдаш з синами і звелів подавать обід. Мотря подавала обід на стіл, а мати сиділа за столом неначе в гостях.

– Борщ зварила добре, а каша вийшла трохи рідка, – сказала Кайдашиха й почала знов навчати Мотрю. Мотря тільки очі спускала додолу.

По обіді Мотря почала мити горшки та миски. Вона взяла ніж і почала вишкрібать вінця старого засаленого горщка. Горщик завищав під ножем, наче цуценя.

– Не шкреби, дочко, ножем, бо в мене неначе хто в голові скромадить, – сказала Кайдашиха.

– А як же його шкребти, щоб не було чуть! – не видержала Мотря й підняла свій твердий голос.

– Не дуже дави ножем, моє серденько любе, то горщик не буде скавучать, наче собака, що зав'язла в тину.

Мотря замовкла й кинула ніж на лаву. Ніж задзвенів. Свекруха тільки скоса поглянула й трохи постерегла Мотрині норови.

По обіді Кайдашиха загадала невістці насіяти борошна, а потім вчинить діжу, а сама знов полізла на піч спати, а виспавшись, встала й пішла до сусіди в гості. Мотря задумалась, соваючи ситом по сійцях, перекладених уподовж ночовок. Вона догадалась, що її свекруха недобра і що під її солодкими словами ховається гіркий полин. Але Мотря була не з таківських, щоб комусь покорятись.

Другого дня Кайдашиха знов збудила рано невістку, а сама вкрилась з головою на печі й заохала. Мотря вже не йняла віри тому оханню. Вона зварила обід, замісила діжу. Роботи було багато. Невістка вешталась, наче муха в окропі, скрізь встигала, а свекруха, вставши з печі, тільки хату вимела, ще й сміття покинула зараз за порогом. Мотря вже сердито поглядала на свекруху й насилу здержувала свого язика. Виплескала вона хліб, посаджала в піч і подала на стіл обід. Борщ вийшов несмачний. Свекруха тільки ложку вмочила й не їла борщу.

– Недобрий, дочко, сьогодні зварила борщ. Мабуть, і сьогодні сало збігло, – сказала Кайдашиха.

– Бо ви, мамо, не дуже помагали мені варити, а в мене не десять рук, а тільки дві, – одрізала Мотря.

– Хто видав так говорить матері! – сказала Кайдашиха навчаючим голосом. – Коли не вмієш гаразд, то треба вчитись. І я не вміла, але пани вивчили мене на економії.

– Я, хвалити бога, панщини не робила й у панів не вчилась, – знов одрубала Мотря.

Кайдашиха замовкла й прикусила язика. Вона догадалась, що Мотря не замовчуватиме.

Настала субота. Роботи було ще більше. Кайдашиха тільки хату замела та й сіла коло вікна старі сорочки латать. Мотря підмазала стіни, обмазала комин, грубу, припічок. Кайдашиха прийшла до комина, заклала руки за спину, нахилила голову до комина і роздивлялась, чи добре невістка помазала.

– Помаж, моя дитино, комин ще раз. Як мажеш, то не крути дуже віхтем, а так, моє серденько, дрібненько та дрібненько перше вподовж, а потім упоперек, отак, отак, отак! А то, бач, скрізь віхті знать, – сказала Кайдашиха. Мотря глянула на комин, а комин був добре обмазаний і тільки де-не-де було знать віхоть.

– Матері було все вгодиш, а вам не потрапиш вгодить, – несміливо обізвалась невістка.

– Я, серце, бувала в світах і знаю, як що робиться. Я, було, як мажу панські покої, то неначе вималюю. А ти, серденько, як будеш мене слухати та будеш пильнувать, то й собі навчишся, – сказала Кайдашиха та й знов сіла коло вікна шити, ще й пісні затягла.

– Чи ти, стара, здуріла на старість, чи що? – обізвався Кайдаш. – Сьогодні субота, а вона пісні затягла.

Кайдашиха замовкла. Їй було сором перед невісткою.

Минув тиждень. Кайдашиха перестала звати Мотрю серденьком і вже орудувала нею, наче наймичкою. Вона просто загадувала їй робити роботу, третього тижня вже почала на невістку кричать, а далі й докоряти. Мотря насилу вдержувала язика й тільки поглядала на свекруху сердитим оком.

Настала Пилипівка. Потяглися довгі, як море, ночі. Молодиці на селі почали вставати вдосвіта прясти.

– Мотре! – кричала з печі Кайдашиха. – Вставай прясти. Чи ти не чуєш? Вже треті півні проспівали, а ти спиш. Треба прясти на полотно. Мотре! Чи ти спиш?

Мотря встала, засвітила світло, розпалила в челюстях тріски й сіла коло печі прясти. Карпо й Лаврін повставали й стали коло припічка ногами м'яти коноплі, а Кайдашиха вкрилась з головою й знов заснула. Вже Мотря напряла півпочинка й почала приставлять до печі обід, як Кайдашиха злізла з печі й сіла за гребінь. Вже надворі стало світати. Мотря стала оджимать сорочки з відмоки, а Кайдашиха навіть хати не вимела.

Діло ніби горіло в Мотриних руках. Вона оджимала плаття й разом поралась коло печі. Кайдашиха разів зо два одсунула горщик од жару, вимішала кашу, а хати все-таки не замела. Мотрю взяла злість. "Не буду замітать хати, – подумала вона, – ану, чи вимете свекруха".

Вже сіли за обід, а хата була незаметена.

– Чом це ти, Мотре, хати й досі не замела? – сказала Кайдашиха. – Чи ти хочеш, щоб з нас люди сміялись?

Мотря натомилась коло роботи, її взяла злість. Вона вилила з ночовок у помийницю луг і так кинула ночовки на ослін, що вони посковзнулись і полетіли на землю.

– Легеньку руку маєш! Легенько ставиш, невістко! – крикнула Кайдашиха на Мотрю. – Одні ночви маємо, а ти й ті розбий.

– Як розіб'ю, то купите другі, – одрубала Мотря.

Кайдашиха побачила, що невістка сердиться на неї. Її саму взяла злість.

Настав вечір, а в хаті було сміття трохи не по кісточки. Кайдашиха стала й собі оджимать сорочки, а хати не замела.

– Чому це у вас і досі хата не метена? – спитав Карпо, увійшовши в хату.

– Бо твою жінку сьогодні перелоги напали, – сказала вже сердито Кайдашиха.

– Не знаю, кого напали перелоги, – ледве обізвалась Мотря й так скрутила сорочку в руках, що вона чвакнула, ніби закричала, а бризки хлюпнули Кайдашисі в очі.

– Якого це ти нечистого так ляпаєш? Ще мало сміття в хаті, то нехай буде грязь, – крикнула Кайдашиха. – Чом ти своїй жінці нічого не скажеш? – сказала Кайдашиха до Карпа. – Хіба ти не бачиш, що вона мене не слухає та діла не робить.

– А це хіба ж не діло? Не в піжмурки ж граю, – крикнула й собі Мотря.

– Чому ти, Мотре, і досі не замела хати? – промовив Карпо до жінки.

– Не замела, бо гуляю од самої півночі. Ось уже й рук і ніг не чую, так натанцювалась, – промовила Мотря.

– Та чого це ти кричиш, як на батька! – крикнула Кайдашиха. – Мені вух не позакладало: чую.

– Я на батька не кричала ніколи, а в вас мусиш кричать, коли робиш на всю сім'ю сама.

– А хіба ж ти робиш сама? – спитала Кайдашиха.

– А хто ж мені помагає, коли хата й досі не заметена, – крикнула Мотря.

– Чого це ти, Мотре, кричиш на матір? Мати тебе не наводить на злий розум, а на добрий, – обізвався Карпо.

Мала розум, а в вас, мабуть, оце загубила, – сказала через зуби Мотря. Вона оджимала так здорово, що аж намисто бряжчало і дукачі коливались.

Мотря поскладала плаття на коромисло й пішла прати на ставок. В хаті стало тихо. Кайдашиха взяла віник і вимела хату й сіни.

– Ти, Карпе, не потурай своїй жінці, а то вона мене не слухає, ще й лає. Вона мене зовсім не має за матір. Що з того, що вона робоча, коли хата три дні стоїть неметена?

– Не три дні-бо, а тільки один день, – сказав Карпо.

– Так, сину, так! Держи руку за жінкою, а матері не можна буде далі в своїй хаті й слова промовити. Мотря молода, то нехай робить, а я вже стара, підтопталась. Мені можна й одпочити. А ти жінці не потурай, бо вона й над тобою далі коверзуватиме.

Карпо узяв шапку та мерщій з хати. Йому було жаль жінки, жаль і матері.

Поки Мотря прала сорочки, Кайдашиха затопила в печі й приставила вечерю. Вже смерком прийшла Мотря з сорочками й склала їх на лаві. По хаті пішов холод та вогкість. Свекруха поралась коло печі мовчки. Невістка достала з полиці хліб та сіль і сіла полуднувать. Вона кинула оком на діл: хата була заметена.

"Не буде моя невістка покірна та слухняна, – думала Кайдашиха, стоячи коло печі, – не одпочину я на старість од роботи". І Кайдашиха важко зітхнула. Мотря зрозуміла те важке зітхання наче докір собі.

Чоловіки посходились у хату й сіли за стіл. Мотря кинулась насипать галушки в миску.

– Геть! – крикнула Кайдашиха. – Сама зумію насипать. Не ти напартолила. Сідай та запихайся! Мотря одійшла набік, згорнула руки й собі зітхнула.

– Чого це ви гризетесь? – обізвався старий Кайдаш. – Чи вже не помиритесь коло однієї печі? Ти-бо, Мотре, повинна таки поважать матір, бо мати старша в хаті, – почав навчать старий батько, – треба ж комусь порядкувати в хаті та лад давати. Дасть бог, приставлю через сіни хату, тоді будеш собі господинею, але в гурті все-таки лучче жити...

Всі вечеряли мовчки. Мотря стала коло мисника, мов укопана. Вона не сіла вечерять.

– Годі тобі, дочко, гніватись, – знов почав батько, – сідай та вечеряй, бо ти натопилась.

Мотря стояла коло мисника й з місця не рушила та все дивилась у піч, де тлів жар у попелі, неначе хотіла розвеселить свої очі веселим вогнем. Всі встали з-за стола, подякували богові та Кайдашисі, а Мотря все стояла на одному місці, наче сирота в чужій сім'ї. Карпо сів на лаві й насупив свої рудуваті брови. Між бровами було знать дві зморшки, в котрих чорніла густа тінь.

В хаті стало тихо, як у вусі. Керосинова невеличка лампа без скла блимала на столі. Старий Кайдаш, Кайдашиха й Лаврін стали перед образами й почали молиться богу, а Карпо все сидів на лаві, а Мотря все стояла коло мисника. Світло погасло. Карпо й Мотря полягали спати, помолившись у темряві. Мотря чула, що на її душу лягло щось важке, але ні одна сльоза не виступила на її очах.

Другого дня вранці Мотря замітала сіни. Чує вона, Кайдашиха говорить надворі з якоюсь жінкою та все за неї. Мотря виглянула крадькома з сіней: Кайдашиха стояла, спершись на ворота, а проти неї за ворітьми стояла її кума, голова проти голови, неначе вони цілувались. Кайдашиха почала говорить тихо, але так тихо, що було чуть на все подвір'я.

– От, мабуть. Довбиші надавали за Мотрею всякого добра, – говорила кума, – ще й ти, кумо, забагатієш за невісткою.

– Де там, моє серденько! Я думала, що такі багатирі наженуть мені повний двір волів та корів, а вони пригнали одну дурну вівцю та ще й перше вовну обстригли. Щось моя невістка не одчиняє при мені своєї скрині; мабуть, тим, що порожня.

– Чи робоча ж твоя невістка? – спитала кума. – Чи тямить хоч трохи в хазяйстві?

– Хліб їсти добре тямить, – сказала Кайдашиха. – Я думала, що ті багатирі вміють добре спекти, зварить. Але мені довелось всьому вчити невістку. Та то, моє серденько, моя невістка незугарна тобі ні спекти, ні зварити, ні прясти, ні шити. Оце як сама не догляну, то напартолить такого борщу, що й собаки не їдять; як помаже комин, то всі віхті знать. А вже лаятись та мене не слухати, мабуть, учив її сам Довбиш укупі з Довбишкою. Я скажу слово, а вона десять. А вже що лінива, то й сказати не можна. Вранці буджу, буджу, кричу, кричу, а вона вивернеться на полу, здорова, як кобила, та тільки сопе...

– Од кобили чую! – крикнула Мотря. висунувши голову з сіней. – Що й одної сорочки мені не справили, а судите на все село.

Кайдашиха замовкла й не знала, де очі діти. Кума десь ділась, неначе крізь землю провалилась.

Мотря поралась в хаті й разу не глянула на свекруху. Вона вибрала сорочки з жлукта, пішла на ставок прать й прийшла додому аж увечері.

– Потривай же, свекрухо! – говорила голосно Мотря сама до себе, розвішуючи сорочки по тину. – Будеш ти в мене циганської халяндри скакати, а не я в тебе.

На другий день удосвіта Кайдашиха закричала з печі на Мотрю:

– Мотре! Вставай вже прясти! Мотре! Чи ти чуєш? Мотря прокинулась, але не обзивалась.

– Мотре! Вже треті півні співали! Вставай та розкладай у печі тріски.

– Ох-ох-ох! – застогнала Мотря достоту таким жалібним голосом, як стогнала Кайдашиха. – Так у мене болять крижі, що я із постелі не встану.

Кайдашиха впізнала Мотрину комедію й розсердилась.

– Чого це ти дражнишся зо мною? Ти думаєш, що мене піддуриш? Годі тобі брехні справлять. Вставай та в печі розтоплюй.

– Мамо! Годі вам спати! Вставайте та в печі розтоплюйте! – крикнула й собі Мотря з полу. – А я трошки покачаюсь!

– Оце довелось на старість терпіти таку напасть од своїх дітей, –промовила Кайдашиха. – Карпе! Штовхни під бік свою жінку, нехай устає до роботи.

В хаті всі спали, аж хропли.

– Якби я була кобила, то я б давно встала. Нехай вам кобили прядуть та варять.

Кайдашиха прикусила язика, але її розбирала злість.

– Чи ти здуріла сьогодні, чи наважилася мене з світу звести? Омельку! – крикнула Кайдашиха на свого чоловіка. – Чи ти чуєш, що витворяє твоя невістка?

Старий Кайдаш лежав на лаві догори лицем і важко дихав. Він звечора таки добре випив у шинку й спав як убитий. Жіночий крик, гострі жіночі голоси стривожили його, і він почав кричать через сон диким, чудним голосом. Йому приснилось, ніби в хату серед ночі вбігла коза з червоними очима, з вогнем у роті, освітила огнем хату, вхопила в передні лапи кочергу й почала поратись коло печі та все клацала до його червоними огняними зубами. Він хотів підвести руку та перехреститься, але руки стали неначе залізні. А коза все крутилась коло печі, а далі почала танцювати, висолопивши язика на піваршина. Дивиться Кайдаш на ту козу. З кози стала кобила з здоровою, як ночви, головою, з страшними червоними очима, з огняним язиком. Кайдаш закричав не своїм голосом. Сини повскакували з постелі й кину– лись до батька. Мотря й Кайдашиха перестали свариться і собі повставали. Карпо перекинув батька на бік, і він тільки тоді прокинувся й опам'ятався.

– Тату! Чого це ви так кричите? Мабуть, вам щось страшне приснилось? – питав батька Карпо.

Кайдаш підвівся, сів на лаві й довго протирав очі. Страшний сон переляках його. Він устав з лави, почав молитись богу перед образами. Йому все здавалось, що його карає свята п'ятниця за те, що він не додержував посту в п'ятницю і ввечері в шинку напивався горілки.

Такий несподіваний випадок зав'язав рота свекрусі й невістці. Вони обидві кинулись до роботи, але Мотря не вимітала хати та все поглядала скоса на свекруху. Свекруха так само поглядала то на віник, то на невістку, а далі витягла з скрині сорочку й сіла коло вікна шити. Мотря одімкнула свою скриню, витягла стару сорочку й собі сіла латать коло другого вікна.

Обід докипав у печі. Борщ, приставлений до жару. дув бульки й клекотів вряди-годи, неначе хто в йому ляпав ложкою. Хата стояла неметена. Свекруха глянула на невістку спідлоба й промовила:

– Чого це ти, Мотре, сіла шити? Хіба ти не бачиш, що в печі обід недоварений, а хата стоїть і досі неметена?

– Та вже ж бачу, не повилазило, – обізвалася Мотря затягуючи нитку в вушко.

– Гляди лиш, щоб тобі й справді не повилазило. Сядеш собі шити по обіді, як упораєшся.

– Ох-ох! Так у мене чогось болить спина, так ниють руки, – почала Мотря тонесеньким голосом, передражнюючи свекруху.

– Дражнись, дражнись! – сказала свекруха. – Кидай лишень сорочку та вимітай хату, кажу тобі. Я хазяйка в хаті, а не ти. Роби те, що тобі загадують.

– А я вам, мамо. не наймичка. Я й в своєї матері не була наймичкою. Коли пішлось на колотнечу, то нам треба робити діло пополовині. Поганять і в мене стало б хисту, аби було кого.

– Не видумуй чортзна-чого. Як була я в панів, то робила за двох таких, як ти: варила обід на двадцять душ; а ти й на п'ять душ не попнешся.

– Робили, бо над вами пан з нагайкою стояв.

– Коли хоч, то я й над тобою стану з нагайкою. Цить! А то як візьму кочергу, то й зуби визбираєш, – крикнула Кайдашиха й скочила з місця.

– Ви мені не рідна мати: не давали зубів, не маєте права й вибивать. В коцюби два кінці: один по мені, другий по вас.

– Карпе! Чи ти чуєш, що твоя жінка витворяє? Чом ти їй нічого не скажеш?

Карпо слухав усю ту розмову й не знав, що їм казать. В хату ввійшов Кайдаш. Кайдашиха почала йому жалітись на невістку.

– І хто нараяв нам брати невістку з тих багатирів? – крикнула Кайдашиха. – Лучче було взяти циганку, ніж багачку з порожньою скринею.

– Я вашого сина не силувала мене брати; я до вас з хлібом з сіллю не ходила, порогів ваших не оббивала. Ви самі до мене прийшли. – сказала Мотря трохи тихішим голосом, остерігаючись свекра.

Старий Кайдаш розсердився на невістку й почав на неї гримати.

– Мотре! Коли ти наша, то слухай матері та роби діло. Не сьогодні ж до нас привезена. Наш хліб їси, нам і роби, а як ні, то ми тебе й попросимо слухати.

– Хіба ж я дурно їм ваш хліб? Од ранку до вечора й рук не покладаю…

– А ти хотіла згорнути руки та й сидіти? Чого це ти розходилась? Та я тобі не подивлюся в зуби! – крикнув Кайдаш, і його темні очі заблищали: він замахнувся на Мотрю рукою.

– Тату, в Мотрі є чоловік, – сказав понуро Карпо. – ви не дуже на неї махайте кулаками.

Кайдаш спахнув полум'ям.

– А ти чого оступаєшся за своєю жінкою? – крикнув він на Карпа. – Коли хочеш, то я тобі носа втру.

– Ба не втрете! Я вже не маленький, – одрубав Карпо.

Бліде батькове лице стало жовте, неначе віск. Він кинувся до Карпа. Карпо встав з лави й став, неначе стовп.

– Що ви мені цвікаєте в вічі, неначе змовились. Хіба я не ваш батько? Хіба мені не можна в своїй хаті порядок дати?

– Тату! Не махайте не мене руками, бо й у мене руки є! – сказав Карпо й собі зблід на виду. Його червоні губи побіліли, неначе полотно.

– Як візьму налигача, то я вас обох так обчухраю, що ви будете мені покорятись.

– Тату! Оступіться, прошу вас, – сказав Карпо, блідий, неначе смерть, – бо й я налигача знайду.

Кайдаш побачив, що Карпо не жартує. Він не мовчав батькові й маленьким, а тепер по всьому було видно, що він говорив не на вітер.

– Пху на тебе, сатано! – плюнув набік Кайдаш і хрьопнув дверима так, що з полиці полетіло горня й розбилось на шматочки.

– Так, сину, так! Добре говориш з батьком, ще й жінку свою навчаєш! Ти візьми ремінні віжки та загнуздай її так, щоб вона й не поворухнулась. Ну, взяла собі невісточку! Взяла собі в хату біду!

Мотря сиділа коло вікна, червона, як жар, і плутала ниткою вздовж і поперек, і по комірі, й по пазусі. Карпо вийшов з хати й собі хрьопнув дверима так, що вікна задзвеніли. Кайдашиха й Мотря зостались у хаті вдвох. сиділи коло вікон одна проти другої й ніби шили, не підводячи очей од шитва. В хаті стало тихо, тільки борщ бризкав вряди-годи здоровими бульками, неначе старий дід гарчав, а густа каша ніби стогнала в горшку, підіймаючи затужавілий вершок угору. А зимнє сонце глянуло весело в вікно й заграло рожевим світом на білому комині, на білій грубі й намалювало долі чотири шибки з чорними рамами, з чудними малюнками простого прищуватого скла. Молодиці все сиділи одна проти другої, все шили й понашивали од злості таких безконечників, що потім прийшлось їм довго випорю-вать та розплутувати. Вони шили, а скоса все поглядали на того капосного віника, що стояв у кутку, під мисником.

В хату ввійшов Лаврін, узяв віник і почав мести діл. Од вікон до самої печі простяглися ніби огняні стовпи, виткані з сонця та дрібного пороху, котрий ворушивсь в ясному промінні, неначе дрібнісінька мошка.

Чоловіки посходились в хату. Моря стала насипать борщ. Чоловіки посідали за стіл; сіла й Кайдашиха.

– Чи помирились? – спитав батько, обертаючись до молодиць.

Свекруха й невістка мовчали. Карпо сидів за столом і обідав мовчки. Після того, як він оженився, він ніби виріс у своїх очах. Кожний батьків докір здавався йому тепер удвоє важчим. Його думка літала коло якоїсь хати, в котрій він живе сам з своєю жінкою, сам господарює без батька, без матері і ні од кого не чує ніякого приказу та загаду.

Од того часу вже не було ладу між свекрухою та невісткою. Вони поглядали одна на другу спідлоба. Мотря не дуже вважала на Кайдашиху й Кайдаша, але для неї все здавалось, що в хаті чогось тісно, неначе її душать стіни, душить стеля, душить піч.

Вже було недалеко до різдва. Роботи було ще більше. Мотря вимазала сіни, помила лави, мисник, полиці. Перед празниками закололи кабана. Почався в хаті гармидер. Кайдашиха все гукала на Мотрю, а Мотря ніколи не змовчувала свекрусі.

– Мамо! Не кричіть на мене, – говорила Мотря, пораючись коло ковбас. – Я й сама пороблю діло й без вас. Лучче лягайте на ліжко та, про мене, беріть у руки бандуру, куріть люльку, як наша пані економша.

Перед святками Мотря ждала, що Кайдашиха справить для неї будлі-яку нову одежину. Кайдашиха одрізала для неї нову запаску.

На третій день різдва Мотря витягла з скрині нову спідницю, привезену од батька. Спідниця була дуже гарна та рясна, зелена з червоними густими рожами. Вона повісила спідницю на сволоці, на кілку. Кайдашиха тільки скоса поглядала на ту спідницю.

Мотря пішла в хижку, наділа спідницю й червону запаску, ввійшла в хату та все походжала по хаті та розправляла широкі фалди кругом себе, перед самим носом у свекрухи. Свекруха ніби не дивилась на спідницю.

– Ото спідницю справив мені Карпо ік празнику! – сказала Мотря й стала перед Кайдашихою, ще й обома руками розтягла широку спідницю на обидва боки.

– Батькові своєму покажи, однак багатий! – сказала Кайдашиха, не дивлячись на спідницю.

– Сьогодні піду до батька та й покажу, тільки не ту чорну запаску, що ви справили мені ік празнику.

– Ой господи! Доведеться лаяться на різдво до служби, – сказала Кайдашиха, – через тебе нема мені ні празника, ні неділі. Хіба не чуєш? Он до церкви дзвонять!

У великий піст Кайдашиха принесла от ткалі гарне тонке полотно й рушники. Вона сховала його в свою скриню, ще й замком замкнула.

– Та не замикайте, мамо! Хоч і я рук до полотна докладала, та не буду красти, – промовила Мотря; але їй дуже хотілось одкраяти свою частку й сховать в свою скриню.

Настав великий піст. Вже до великодня було недалеко. Весна була рання. На п'ятім тижні пішов на поле навіть удовин плуг. Мотря почала вговорювать Карпа.

– Чи ти бачиш, як мене водить твоя мати. Моя мати квітчала мене, як рожу, а твоя мати водить мене, неначе старчиху. Попроси батька, щоб дав мені грошей на нову хустку та на спідницю. Куплю собі ік великодню нову одежу та хоч уберуся по-людській.

Карпові й самому хотілось прибрать свою жінку, як прибирається квітка навесні. Він почав просити в батька грошей.

– А де я тобі наберу стільки грошей? – сказав батько. – Твоя жінка не дівка: їй заміж не йти. Піде мати до Корсуня на ярмарок, то й справить, що там буде треба.

Кайдашиха й справді поїхала на ярмарок. Мотря просилась й собі, але свекруха її не .взяла.

Ввечері Кайдашиха привезла Мотрі з ярмарку хустку й матерії на спідницю. Мотря розгорнула хустку в руках. Хустка була чорна, з маленькими квіточками.

– Мабуть, хочете мене в черниці постригти, – сказала Мотря й кинула хустку на стіл. Вона глянула на матерію, набрану на спідницю; матерія була убога, темненька, з червоними краплями. Мотря навіть не розгорнула її та й одійшла од стола.

– Я знала, що тобі не вгожу. Я не знаю, хто тобі й вгодить, – сказала Кайдашиха, розсердившись, – де ж пак! Зросла в такій розкоші.

Мотря мовчала. А для неї, молодої, так хотілось зав'язать на празник голову розкішною червоною хусткою. Вона тільки легко зітхнула.

"Не моя воля волить у цій хаті", – подумала вона. І для неї схотілось волі та своєї хати.

IV

Настало літо. Почались жнива, почалася в полі робота.

Сім'я літом мало сиділа в хаті, менше стало колотнечі.

За гарячою роботою в полі не було часу сваритись. Кайдаші вижали свій хліб і стали заробляти у пана на сніп. Мотря жала дуже швидко й заробила з Карпом більше кіп, ніж Кайдаш з Кайдашихою.

Восени Мотря обродинилась. Кайдаш справив хрестини. Карпо ще більше ніби виріс сам в своїх очах. Він тепер вважав себе за правдивого хазяїна, у всьому рівного батькові. В йому десь узялась повага до самого себе. Батько був дуже радий онукові й обіцяв на хрестинах приставити для Карпа хату через сіни. Мала дитина наче трохи помирила свекруху з невісткою. Кайдашиха припадала коло свого онука, неначе коло своєї дитини, вчила невістку, як дитину купать, як сповивати, і знов заговорила до невістки солодким голосом. Мотря ненавиділа той облесливий голос, але стала ласкавіша до свекрухи. Поки вона слабувала після родива, Кайдашиха стала для неї в великій пригоді. Але не так сталося, як дитина почала підростать. Кайдашиха тішилась онуком, колихала його, гойдала, а Мотря мусила робити всю важку роботу за себе й за свекруху.

Карпо й Мотря, заробивши літом собі хліба, вже знали, що вони їдять свій хліб, а не батьківський. В стіжках стояло жито й пшениця, до котрого вони приклали більше праці, ніж батько та мати. В скрині в Кайдашихи лежало полотно, в котрому може, третя нитка була напрядена Кайдашихою. Карпові та Мотрі стало ще важче дивитись батькові в руки. Лихо в хаті тільки затихло й притаїлось, неначе гадина зимою. Весняне тепло кинули на ту гадину перше молодиці.

І гадина підвела голову, засичала на всю Кайдашеву хату, на все подвір'я.

Після покрови Кайдашиха витягла з скрині два сувої полотна: один сувій давніший, товстого та недобре вибіленого полотна, а другий – тонкого, гарного, напряденого вдвох з Мотрею. Кайдашиха покраяла товсте полотно на сорочки для старого Кайдаша, для Карпа, Лавріна й Мотрі, а собі одрізала тонкого полотна на три сорочки і зараз сховала сувій у скриню.

– А мені, мамо, не одріжете тонкого полотна, хоч на одну сорочку на празники? – спитала Мотря, насилу здержуючи голос.

– Мене товста сорочка ріже в тіло, а ти, Мотре, ще молода: носи тим часом товсті сорочки, – сказала Кайдашиха.

– А ви думаєте, мене товста сорочка не ріже в тіло?

– Та бач, дочко, ти не ходиш до панів, а мене пани й попи просять варити обід. кличуть до себе в покої вечеряти, ще й у покоях кладуть спати і подушки під боки стелять. Як же таки мені йти між такі люди в товстій сорочці?

– Хоч мені й пани не стелять під боки пухових подушок, але ж і я пряла на тонке полотно, може, більше од вас, – сказала Мотря.

– От і більше! Що лаялась, то й справді більше. Не звикай до тонких сорочок, бо ще хто зна, як буде тобі на своєму хазяйстві, – сказала Кайдашиха.

– Як вже там не буде, а гірше не буде, як у вас. Коли б хоч одну тонку сорочку одкраяли на святки. Чи вже ж я в вас і того не заробила?

– Оце причепилась причепа! Про мене, бери все полотно та й закутайся в його з головою. Так вже настирилась мені, що вже й не знаю, як од тебе одчепиться, – сказала Кайдашиха.

Мотря одвернулась до вікна і вперше заплакала од того часу, як переступила через свекрів поріг. Вона почутила, що свекруха кривдить її в тому, до чого вона доклала багато праці своїх рук. Вона втерла крадькома сльози рукавом.

Мотря взяла одкраяне для неї полотно і швиргонула його на лаву. Довго лежало воно на лаві надувшись, неначе сердилось на невістку. Мотря достала з скрині червоної та синьої заполочі і вже надвечір сіла вишивати рукава квітками. Квітки виходили здорові та лапаті, неначе вона вишивала їх на мішку або на рядні. Мотря плюнула, покинула шити розкішний хміль і тільки подекуди поцяцькувала рукава пружками та маленькими зірками.

Пошила Мотря сорочку, випрала й наділа. Товсте полотно синіло, неначе буз. Вона глянула в дзеркало, і для неї здалося, що в такій сорочці в неї лице почорніло й брови стали не такі гарні.

"Була я в батька, було моє личко біленьке й брови чорненькі, а в свекра личко моє змарніло й брови полиняли, – подумала Мотря, роздивляючись на себе в дзеркалі. – Із'їсть свекруха, люта змія, мій вік молоденький".

Свекруха пішла до шинку та напідпитку судила свою невістку на все село, що вона нічим не догодить невістці; що справить, то все для неї погане, та дешеве, та не до лиця.

Молоді молодиці все чисто переказували Мотрі, як її судить у корчмі свекруха.

"Постривай же, свекрухо, не буду я більше для твоєї панської шкури на тонке полотно прясти", – подумала Мотря, і з того часу вона стала прясти починки собі окремо та ховать в свою скриню.

– Навіщо ти, Мотре, ховаєш починки в свою скриню? – спитала Кайдашиха.

– На те, що треба; не буду ж їх їсти, – одрубала Мотря.

– А може, й поїси: хто тебе знає, – сказала Кайдашиха.

– Не бійтесь, не понесу в шинок, не проп'ю і не буду напідпитку судити, як ви мене судите.

– Що ж ти з ними думаєш робити? – спитала мати.

– Помотаю на мотовило, осную та вироблю собі тонкого полотна на сорочки. Може, й під мої боки хтось постеле подушки...

Кайдашиха догадалась, до чого воно йдеться, і трохи стурбувалась. Вона пряла ліниво, а Мотря дуже пильнувала коло гребеня. Вона боялась, щоб Мотря часом не випряла всього пряжва.

– То це ти думаєш збиратись на своє хазяйство моїм прядивом? – спитала Кайдашиха.

– Прядиво таке ваше, як і моє. Хіба я не брала конопель, не мочила, не била на бительні, не терла на терниці, може, більш од вас?

Кайдашиха замовкла. Для неї здалося, що невістка того не зробить, а тільки мститься над нею за товсті сорочки.

Одначе одного дня по обіді Мотря витягла з сво-
єї скрині десять товстих починків, взяла мотовило й
хотіла мотать. Кайдашиха побачила, що то не жарти,
і спахнула.

– Чи ти жартуєш, молодице, чи зо мною дражниш-
ся? – спитала в Мотрі свекруха.

– В мене нема жартів, – сказала Мотря, махаючи
мотовилом, котре гойдалось в її руках і черкалось об
сволок.

Кайдашиха зобідилась. – Дай сюди мотовило! Це не
твоє, а моє. Принеси од свого батька та й мотай на йому,
про мене, свої жили, – крикнула Кайдашиха й ухопила
рукою мотовило. – Ба не дам, бо й мені треба, – одказала
Мотря, не випускаючи з рук мотовила.

– Дай сюди, кажу тобі! – крикнула на всю хату Кай-
дашиха, люта од злості. – Я сама зараз буду мотать.

– Ба не дам! У вас нема чого мотать, бо ви нічого не
напряли, – крикнула й собі на всю хату Мотря й ухо-
пила мотовило обома руками.

Геть собі ік нечистій матері! Дай мотовило, кажу
тобі! – зарепетувала Кайдашиха вже не своїм голосом
і вхопила мотовило обома руками ще й потягла до себе.

– Ба не дам! Хіба будемо битись, чи що? – крикнула
Мотря й сіпнула до себе мотовило.

– Дай!

– Ба не дам!

– Дай, кажу тобі!

– Ба не дам!

Молодиці підняли гвалт. Чоловіки позбігались у
хату. м здалось, що молодиці б'ються. Серед хати сто-
яли свекруха й невістка і сіпали кожна до себе мото-
вило. Обидві були люті, в обох очі блищали. Починок

качався долі. Старий Кайдаш, Карпо й Лаврін повитріщали на молодиць очі, не знаючи, од чого скоїлась між ними така сварка. Свекруха й невістка так розлютувались, що не примітили чоловіків.

– Дай сюди, бо як пхну, то й ноги задереш! – кричала Кайдашиха й сіпала до себе мотовило.

– Одчепіться, бо й я вмію пхатися, – кричала Мотря несамовито й тягла до себе мотовило.

– Чи ви подуріли сьогодні, чи показились, – сказав Кайдаш, – чи в хрещика граєтесь? Покиньте мотовило!

Молодиці його не слухали й тягались по хаті з мотовилом, незважаючи на його слова.

– Та це вони, мабуть, в ворона граються, – обізвався насмішкувато Лаврін.

– Це добра іграшка! Мотре, покинь мотовило, бо як ухоплю кочергу, то поб'ю тобі руки.

Кайдаш ухопив кочергу й замірився на молодиць; вони його ніби й не бачили і все репетували та лаялись. Старий Кайдаш постив, бо тоді була п'ятниця. Він був голодний та сердитий. Жіночий крик дратував його.

– Покиньте мотовило, бо так і впечу обох по спині кочергою! – крикнув він на всю хату.

Молодиці стояли бліді, як смерть, і од злості ледве дихали. Вони вже не мали сили самі покинути те мотовило. Кайдаш кинув з усієї сили об землю кочергою, вихопив з їх рук мотовило і потрощив його на цурпалочки. Свекруха й невістка розійшлись набік.

– Чого ви лаєтесь? Чого ви сваритесь? – почав Кайдаш. – Господи! Сьогодні свята п'ятниця, а вони тебе, неначе на злість, тільки до гріха доводять. Нащо тобі, Мотре, те мотовило?

– Буду свої починки мотать. Одначе в вас доброї сорочки не заслужиш, – сказала Мотря.

– Вона хоче прясти собі на полотно нарізно од нас, – сказала Кайдашиха, ледве дишучи.

– Нащо тобі прясти нарізно? Чи тобі хто полотна не дає, чи що? – спитав Кайдаш у Мотрі.

– Хочу прясти, бо маю право, – сказала Мотря.

– Ставте, тату, мерщій хату через сіни, – обізвався Карпо.

– Ти б лучче свою жінку трохи приборкав, щоб не так високо літала, – сказав батько.

– Хіба моя жінка курка, щоб я їй крила обборкав, – сказав Карпо.

– Карпе, не дратуй мене, коли хочеш, щоб і в тебе була ціла чуприна.

– Далеко вам до моєї чуприни! – обізвався Карпо.

– Ти думаєш, що в мене руки не доросли до твоєї чуприни? – крикнув батько.

– Мабуть, уже переросли... Мати кривдить жінку, а ви мене, – сказав Карпо.

– Хто ж тебе зобижає? Хіба я тобі їсти не даю? – крикнув батько.

– А хіба ж ви дали мені коли хоч копійку в руки? Я роблю, а ви гроші в свою скриню ховаєте.

– Нащо тобі гроші? Хіба хочеш їх пропить? – сказав батько.

– А хоч би й пропить. Яке вам до того діло? – сказав Карпо.

– То ти мене будеш на старіть вчити! – кричав старий Кайдаш, блідий, як смерть, та все приступав до Карпа.

– Тату, не лізьте! Я роблю й маю право на своє добро. Одрізніть нас.

– То ти через свою дурну жінку будеш мені цвікати таке в вічі! Чого ти, бісова дочко, гризешся з матір'ю? – крикнув старий Кайдаш, махаючи поламаним мотовилом. – Чи ти хочеш бути найстаршою в хаті, чи що? Чи ти хочеш, щоб мати була тобі за наймичку? Я тобі полічу ребра оцим мотовилом.

Кайдаш махнув на Мотрю мотовилом і зачепив її по руці.

Між батьком і Мотрею став Карпо, неначе з землі виріс.

– Тату, не бийте Мотрі, – крикнув він несамовито, – яке право ви маєте бить мою жінку?

– А чом же вона не слухає матері та тільки збиває бучу в моїй хаті?

– Ба не Мотря винна, а мати. Мати всю важку роботу скидає на Мотрю, а сама тільки походеньки та посиденьки справляє.

– То це ти таке говориш за свою матір? – крикнув Кайдаш.

– То це ти мені колеш очі через свою жінку? – крикнула Кайдашиха, приступаючи до Карпа з другого боку. – От чого я діждалась на старість од своїх дітей!

– Як ти смієш таке говорити на свою матір? – суворо крикнув Кайдаш і приступив на ступінь ближче до Карпа.

– Тату! Не наближайтесь, – говорив спокійно, але понуро Карпо, стоячи стовпом на одному місці.

– Через твою жінку, через оте ледащо та я буду на старість таке лихо терпіти! – крикнула, аж завищала Кайдашиха і вдарила кулаком об кулак під самим носом у Карпа.

Карпо навіть не одхилив голови й не кліпнув очима. Він тільки витріщив їх ще більше, так що вони стали зовсім круглі.

– Я поб'ю на тобі оце мотовило на трісочки, як ти не впиниш своєї жінки! – крикнув Кайдаш, приступивши до Карпа ще ближче.

Карпо не оступився й не одхилився і тільки зблід та понуро поглядав на батька.

– Тату! Оступіться! Не вводьте мене в гріх, – сказав Карпо.

Кайдаш з Кайдашихою то приступали до Карпа, то оступались, як хвилі б'ють у скелистий берег та знов одходять од його. Карпо стояв, неначе скеля. Дуже дражливий старий Кайдаш розходився, кинувся на Карпа з кулаками й штовхнув його рукою в груди. Карпо зблід, як смерть, а тонкі губи, міцно стулені, стали зовсім білі, неначе полотно.

– Тату! Не бийтесь! – ледве промовив Карпо. Кайдаш, блідий, з темними блискучими очима, знову кинувся на Карпа.

– Тату! Візьміть лучче сокиру та за одним разом зарубайте мене, – промовив Карпо, ледве дишучи; він почутив, що вся кров налилась в його голову, заливала йому вуха, очі; він почув, що в його вухах задзвеніло й зашуміло, й зашелестіло, а в очах все в хаті почало крутиться.

– Не лізь, бо задушу, іродова душе! – крикнув Карпо та й кинувся, неначе звір, на батька й штовхнув його обома кулаками в груди.

Старий Кайдаш як стояв так і впав навзнак, аж ноги задер. Поламані шматки мотовила випали з його рук і вдарились об грубу.

Кайдашиха, Мотря й Лаврін крикнули в один голос. Лаврін з матір'ю кинувся обороняти старого батька і заступив його собою. Карпо оступився на два ступені до стола і знов став непорушно, неначе скеля, білий, як крейда. Його темні очі погасли й ніби померкли, а волосся на голові настовбурчилось і стирчало, неначе в їжака. Мотря злякалась, що за її мотовило син побив батька.

Лаврін з матір'ю підвели батька й посадили на лаві. Кайдаш не говорив ні слова й тільки стогнав. Він не стільки забився об діл, як стривожився. Неповага од сина й сором перед своїми дітьми, і гнів, і злість – все злилось до купи в його душі, запекло його в грудях так, що йому здавалося, ніби Карпо вбив його на смерть.

– Нема в тебе бога в серці! Недурно ж ти до церкви не ходиш, – через силу вимовив Кайдаш та все стогнав. Кайдашиха почала голосно плакати. У Лавріна брови насупились. Він був ладен кинутись на Карпа й обірвать йому волосся на голові. Одна Мотря спокійно сіла на лаві, згорнула руки и дивилась то на піч, то під піч.

У Карпа кров почала одходити од очей. Вже перед ним перестав крутиться світ. Він узяв шапку й вийшов з хати.

– Це все через тебе, невісточко! – промовила Кайдашиха і вдарила до Мотрі кулаком об кулак.

– Може, через мене, а може, й через вас, – спокійненько промовила Мотря, дивлячись під піч.

– Цур вам, пек вам! Поставлю вам хату через сіни та, про мене, там хоч голови собі поскручуйте! – сказав Кайдаш.

– Та перше зробіть мені й матері двоє мотовил, – спокійненько промовила Мотря.

– Бодай тобі добра не було з твоїм мотовилом. Через твоє мотовило син побив батька. Ой, світе мій! Не дадуть діти своєю смертю вмерти, – бідкалась Кайдашиха. – Хоч зараз вибирайся до сусід з своєї хати.

Сумний зимній вечір заглянув через вікна в хату. Густі діди стали по кутках і навели, як бліда та сумна смерть, покій на роздражнену, розгнівану сім'ю. Молодиці замовкли та тільки важко зітхали. На лаві сидів старий Кайдаш, сидів мовчки й собі важко зітхав, підперши голову долонею й спершись ліктем на коліно. На його широкому блідому лобі, на його спущених віках лежала глибока, важка туга, лежав сором, перемішаний з жалем. Він не їв цілий день. Його тягло за живіт. Він накинув на себе свиту, надів шапку та й пішов до шинку поминати святу п'ятницю та запивати сором.

Карпо вийшов з хати в одній сорочці. Він пішов і став за повіткою під грушею. Свіжий перший сніг укрив гори й долини ніби тонким дорогим полотном. Усе небо було вкрите густими хмарами, неначе молочним туманом. Карпо дивився на голі білі гори, що зовсім зливалися з білим небом у вечірній імлі так, що не можна було розібрати, де кінчались гори, де починалось небо. Він дивився на чорний довгий рядок гір, котрі чорніли од густого дубового лісу, неначе обкутані чорним сукном, і він нічого того не бачив. Уся його душа десь заховалась глибоко сама в собі; він ніби здерев'янів од тієї події, котру недавно вчинив. М'який перший холод ніби протверезив Карпа. З його голови почав виходити якийсь чад, і він потроху почав примічать хати, гори, ліс; він примітив, як батько вийшов з двора, пішов шляхом поза ставком на греблю, увійшов у шинок, як у шинку в вікні заблищав вогонь. Він примітив купку чоловіків, котра чорніла й ворушилась коло шинку на білому снігу. І все те він бачив, неначе десь у воді, одкинуте зверху од високого берега, або десь на дні негли-бокої прозорої річки.

Холод почав проймати Карпа. Він почутив, що його тіло труситься од голови до самих пальців на ногах, що в його голова горить ніби вогнем. Він повернувся на місці й зачепив головою гілку груші, вкриту снігом. Сніг, неначе пух, посипався на його голову, на плечі, на голу шию, за пазуху. Тоді тільки він опам'ятувався, набрав у руки снігу, приклав до голови й тихою ходою пішов у хату.

В хаті було тихо й сумно; ніхто не говорив ні слова, тільки вогонь палав та тріщав у печі і здавався однією живою веселою істотою в мертвій хаті. Вже в хаті і світло погасло, а Кайдаш сидів у шинку, пив з кумом горілку й там заночував.

На другий день перед обідом Кайдаш увійшов у хату і уніс двоє нових мотовил.

– Нате вам двоє мотовил та, про мене, очі повиколюйте собі, – сказав Кайдаш, кидаючи мотовила на лаву.

Мотря весело глянула на мотовила, зараз по обіді витягла з своєї скрині починки й почала мотать. Нове мотовило аж гуло в її руках і вряди-годи черкалось об сволок, об стелю. Ні один цар не махав з такою втіхою скіпетром, як Мотря своїм мотовилом. Вона почула в собі дух господині, самостійної господині. Свекруху брала злість. Для неї невістчине мотовило гуло, неначе кусливі джмелі кругом її голови.

"Пропадуть мої конопельки! Похоплива невісточка попряде їх собі на полотно поперед мене", – подумала Кайдашиха.

А невістка мотала починки, полічила чисниці та пасма, скинула півмоток з мотовила й сховала в свою скриню.

– Ховай, невісточко, в свою скриню, що запірвеш. Швидко сховаєш усе наше добро, ще й нас убгаєш у свою скриню, – промовила свекруха.

– Не бійтесь! Такого добра не сховаю, а якби вас знайшла й своїй скрині, то ще б і надвір викинула, – сказала невістка.

Другого дня Мотря позбирала свої й Карпові сорочки й намочила в лузі.

– Чом же ти не забрала та не помочила всіх сорочок? – спитала мати.

– Тим, що вас усіх більше обпирати не буду. Періть собі самі; адже ж маєте руки.

– Нащо ж той захід на два рази? Хіба ще мало гармидеру в хаті? Нащо ти наляпуєш зайвий раз у хаті? – сказала Кайдашиха.

Мотря не слухала матері. Вона пооджимала свої сорочки, другого дня одзолила, попрала и покачала. Кайдашиха мусила заходжуватись сама коло своїх сорочок. Вона вже й не говорила за те чоловікові, тим що боялась колотнечі. Вона думала, що все те якось перетреться, перемнеться та й так минеться. Але воно таки не минулось.

Раз Мотря спекла хліб. Хліб не вдався. Вона подала його на стіл до борщу; хліб вийшов липкий, з закальцем на два пальці. На біду й борщ вийшов недобрий.

– Недобрий борщ, – сказав Лаврін.

– Але й хліб спекла, хоч коники ліпи! – сказала сердито Кайдашиха.

– Аж у горлі давить, – обізвався і собі старий Кайдаш.

Як на лихо, Лаврін, жартуючи, взяв та зліпив з м'якушки коника, поставив його на столі, ще й хвоста задер йому вгору.

Мотря зирнула на коника та й скипіла, неначе хто линув на неї окропом. Вона лучче витерпіла б лайку, ніж смішки.

– Лаяли, били, а це вже знущаються надо мною! – крикнула Мотря й кинула об стіл ложкою.

– Чого ж ти кидаєш ложкою нам усім у вічі? Честі не знаєш, чи що? – сказав старий Кайдаш.

– Коли хочеш сердитись, то сердься, а не кидай на святий хліб ложкою, – обізвався вперше сердито на свою жінку Карпо. – Позабризкувала стравою усім очі. Щось ти справді вже дуже розібралась.

– То варіть та печіть собі самі. Я нічим вам не вгоджу, – сказала Мотря, одійшовши до печі.

– Якби ти була наймичка, то ти б собі одійшла од нас, а ми пекли б та варили самі собі, – сказав Кайдаш.

"Будете ви й так самі пекти й варити", – подумала Мотря й задумала на другий день варити обід тільки для себе та для Карпа.

Другого дня Мотря встала дуже рано, сіла собі прясти, потім затопила в печі, знайшла два невеличкі горщечки й приставила в одному борщ, а в другому кашу; якраз стільки, скільки треба було на дві душі. Вона задумала й вечеряти з Карпом окремо.

Кайдашиха спала собі гарненько на печі та викачувалась. Полум'я тріщало в печі, окріп булькотів, а вона потягалась на печі в теплій постелі, думаючи, що невістка варить обід на всіх. Вже стало розвиднятись, Кайдашиха злізла з печі, глянула в піч і вгляділа двоє маленьких горнят.

– Що це ти, Мотре, вариш у тих горнятах? – спитала вона.

– Борщ та кашу, – одказала Мотря.

– Нащо ж ти приставила страву в таких маленьких горнятках? Сьогодні ж не п'ятниця: і батько буде обідати.

– Буде обідать, як ви наварите, бо я на вас усіх не буду більше варити. Я вам нічим не догоджу. Варіть самі собі, одначе ви вчились в панів.

Надворі вже світало. Сім'я обідала рано, а Кайдашисі прийшлось тільки що заходжуватись коло сирих буряків та коло капусти.

– Ой господи милосердний! Мабуть, ти наважилась звести мене з світу! – крикнула Кайдашиха. – Що це ти витворяєш?

– Те, що бачите.

– Приставляй у більшому горшку борщ!

– Навіщо? Мій борщ вже докипає, – сказала Мотря спокійно, але насмішкувато.

Кайдашисі довелось самій приставлять другий борщ та другу кашу.

Зійшло сонце. Мотря покликала Карпа обідати і поставила на стіл борщ. Сам Карпо здивувався.

– Що це ти, Мотре, вигадуєш? Ти хочеш знов розсердить батька? – сказав Карпо.

– Сідай та їж! Розносився з батьком. Батькові наварить борщу мати, а я більше не буду варити на всіх.

Карпо не знав, чи сідати за стіл, чи ні. Кайдашиха наробила крику на всю хату, на все подвір'я. В хату вбіг Кайдаш, а за ним Лаврін.

– Подивись, що твоя невісточка витворяє! – крикнула Кайдашиха, вихопивши з печі мале горня з кашею.

Старий Кайдаш витріщив очі на горня і не знав до чого воно йдеться.

– Глянь! Що це таке! – сказала Кайдашиха, тикаючи під самий ніс Кайдашеві горня з кашею.

– Каша. Що ж воно, як не каша. – сказав Кайдаш. Він не доглядався, в якому там горшку зварили кашу.

– Подивись лишень, в якому горшку приставила твоя невісточка оцю кашу, – сказала Кайдашиха.

– В щербатому б то, чи що, – сказав Кайдаш.

– В щербатому... А чи стане цієї каші на всіх? – спитала Кайдашиха, сердита, що Кайдаш не розуміє діла.

– Чорт вашого батька знає, в якому там горшку ви приставляєте кашу. Бийтеся собі удвох, а мене не зачіпайте, – сказав Кайдаш, сердитий на жінок.

– Та це твоя невісточка зварила обід тільки для себе та для Карпа. Вона хоче обідать окремо, – сказала Кайдашиха.

– Та нехай, про мене, обідає й сама, ще й розпережеться, – сказав Кайдаш. – Нехай, про мене, з'їсть оцю кашу з горшком...

Старий Кайдаш пам'ятав мотовило. В його й досі щеміла спина.

– Я вже не знаю, що це далі буде. Візьму та й піду в комірники. Чом ти, Омельку, нічого не скажеш отій сатані?

Омелько боявся, щоб не довелось через ту кашу вдруге задерти ноги догори, і мовчав.

– Коли ти нічого не скажеш, то я сама викидаю отой обід свиням, – сказала Кайдашиха і швиргонула горщик з кашею в помийницю. Горщик гепнув у шаплик. Помиї бризнули на стіну й облили її патьоками до самої полиці.

Мотря аж зверетенилась.

– Коли ви викидаєте страву в помийницю, то я не буду їсти вашого хліба. Ваш хліб давить мене отут в горлі, як важкий камінь. Нате вам і цей борщ, що я наварила, та, про мене, оддайте його собакам.

Люта Мотря вхопила з столу миску з борщем і кинула її під ноги свекрусі. Миска розлетілась на черепки. картопля покотилась аж під припічок.

– Пху на вас! – плюнув старий Кайдаш на розлитий борщ і пішов у повітку робити воза.

– Пху! – плюнув і собі Карпо та й вийшов з хати.

Лаврін присів і жартівливо плюнув на самісіньку копичку буряків та квасолі та й собі пішов з хати.

В хаті зостались самі молодиці. Кайдашиха стояла коло печі над розбитою мискою мов кам'яна. Мотря стояла коло стола, як стовп, і дивилась на широкі патьоки на стіні коло помийниці.

В хаті було тихо, тільки в печі на жару шкварчала ринка з вишкварками так сердито та голосно, неначе кричало десять бабів разом, вхопившись за коси. Сало шипіло, як змія, булькотало, кувікало, як свиня в тину, геготало, як гуска, гавкало, як собака, пищало, скреготало, а далі ніби завило: гвалт, гвалт! Ринка, вся промочена салом, зайнялась. Сало загуло й підняло здоровий огняний язик. лизнуло челюсті і загуло вітром в комині.

Кайдашиха обернулась, глянула на вогнене море в челюстях, вихопила з печі ринку і накрила її ганчіркою. Ринка погасла, а по хаті пішов такий чад, такий смердючий дим, що Кайдашиха закашляла. Погасивши ринку, вона крикнула на Мотрю:

– Візьми ж віник та підмети, коли насмітила своїм борщем серед хати, або, про мене, сховай оте добро в свою скриню.

Мотря взяла віник, згорнула черепки, буряки та картоплю до помийниці й укинула в помийницю.

– Зварила обід для свиней; хто вже хто, а свині тобі сьогодні подякують за хліб, за сіль, – сказала Кайдашиха.

Мотря мовчала, тільки зуби зціпила. Вона вхопила кожух, накинула на себе та й побігла до своєї матері.

– Дайте, мамо. пообідать, – сказала вона Довбишці.

– А чом же ти не, пообідала вдома? – спитала мати.

– В мене свекруха люта змія: ходить по хаті, полум'ям на мене дише, а з носа гонить дим кужелем. На словах, як на цимбалах грає, а де ступить, то під нею лід мерзне, а як гляне, то од її очей молоко кисне.

– Кажи, дочко, свекрові, щоб вас одрізнив, а то ви колись з свекрухою спалите хату, – сказала Довбишка, насипаючи в миску борщу.

Колотнеча в Кайдашевій хаті не переставала. Кайдашиха не говорила з Мотрею по три дні, хоч Мотря вже не сміла варити собі обід окремо. Стара Кайдашиха дуже любила свого онука, колихала його, цілувала, пестила. Мотря не давала їй дитини й одганяла її од колиски. Тільки вночі, тоді як Мотря спала міцним сном, Кайдашиха вставала до дитини, забавляла, як вона плакала, та годувала її молоком.

Кайдаш побачив, що справді треба одрізнити дітей. Він боявся Карпа. Карпо, побивши батька, забув про те і нітрішки не жалкував, неначе він побив якого-небудь парубка в шинку.

У Кайдаша в повітці лежало чимало деревні. Кайдаш прикупив трохи колодок, щоб поставить Карпові хату через сіни. Тільки почалася надворі весна, він закопав слупи. Мотря посіяла на тому місці пшеницю. Пшениця зійшла, то був знак, що місце для хати було чисте.

Кайдаш з Карпом закидав стіни, вшив покрівлю, а Мотря валькувала стіни. Стара Кайдашиха не поклала своїми руками ні одного валька глини.

Настало літо. Хату освятили. Карпо й Мотря перейшли у свою хату. Мотря вимазала чисто хату і тільки половину сіней, неначе мотузком одміряла. Вона мазала сіни та все голосно співала:

> Коли б мені господь поміг
> Свекрухи діждати!
> Заставила б стару суку
> Халяндри скакати.
> Скачи, скачи, стара суко,
> Хоч на одній ніжці.
> А щоб знала, як годити
> Молодій невістці.
> А у батька свого горе –
> В свекра погуляти!
> А у свекра гірше пекла:
> Світа не видати.

Мотря співала на злість свекрусі голосно на всі сіни. Двері були одчинені. Кайдашиха зачинила двері з притиском, а Мотря ще голосніше гукала:

> Заставила б стару суку
> Халяндри скакати.

Карпо з Лавріном перенесли Мотрину скриню в нову хату.

Мотря сіла на скрині й промовила:

– Тепер я зовсім пані!

Вона гордо сиділа на своїй скрині, як цар на престолі.

– Як же, Карпе, тепер буде у нас з хазяйством? Чи тільки Мотря одділить свої горшки, чи й ти думаєш одділитися з худобою та з полем?

– Лучче, тату, зовсім одрізниться з худобою і полем, – сказав Карпо.

– Гляди, щоб навпісля не жалкував. Ми робили в гурті однією худобою, а ти знаєш, що в гурті каша їсться, а гуща дітей не розгонить.

– І вже, тату, нас гуща давно розігнала! Як уже буде, так і буде. Одрізніть мене з худобою і з полем. Буду плакати на себе, а не на вас.

– То ти і свій тік закладеш? У нас грунт такий тісний.

– Та вже де-небудь притулюся, хоч у куточку, – сказав Карпо.

І батько мусив одділить синові хазяйство: дав йому пару волів, воза, борону і мусив виділить частку поля.

Мотря з того часу у своїй хаті ніби на світ народилась. В свекрушину хату вона ніколи й не заглядала.

V

Раз перед зеленими святками Кайдаш послав Лавріна до млина. Лаврін запріг воли. Батько виніс з комори два мішки жита й поклав на віз. Мати дала Лаврінові торбину з харчю.

– Їдь же, сину, до млина, та не гайся. Тепер в млині не завізно: млива там небагато. До вечора змелеш і додому вернешся.

Син рушив з двора, виїхав з села й поїхав понад Россю. Дорога йшла з гори та на гору, з гори та на гору, над самою Россю. Млин був під самим Богуславом. Лаврін звернув на малий шлях у глибоку долину і виїхав до річки.

Молодий парубок сидів на возі і навіть не поганяв волів. Він задивився на річку, на зелені верби понад водою. Веселе сонце грало маревом над вербами, над водою, над камінням. Воли ліниво сунулись по дорозі. Лаврін дивився на річку і співав пісні.

За Россю, під високою скелею, блищав на сонці новий гарний панський млин, увесь обтесаний, обмальований, як цяцька, з покрівлею з дощок, з двома вікнами, з білими стовпами, навіть з ганком. Четверо коліс неначе залюбки та заіграшки крутились на ясному сонці й сипали бризками на всі боки. Вода гула на потоках, шуміла білою піною нижче од коліс, бризкала ніби туманом, в котрому неначе грали в хрещика маленькі веселки.

Лаврін приїхав до млина, позносив з воза мішки, заїхав під верби, розпріг воли, поклав їм сіна, а сам ліг спати. Виспавшись добре в холодку, він скупався в Росі, пополуднував і пішов у млин. Мірошник уже насипав борошном його мішки.

Надворі починало вечоріти. Лаврін виніс на віз мішки і почав запрягати воли.

Не встиг він закласти заноза в ярмо і ненароком кинув очима за Рось: за Россю, коло скелі на долині, вкритій зеленим житом, червоніла якась велика квітка.

"Де та квітка взялася на долині, та ще така здорова?" – подумав Лаврін.

Коли дивиться він – та червона квітка ніби пливе межею, поміж зеленими колосками. З-під квітки виринула з колосків голова з чорними кісьми і неначе поплила понад колосками. Лаврін углядів, що ту чорноволосу голову двічі обвивали жовтогарячі кісники, а за кісники були затикані цілі пучки червоного маку. З жита ніби виплила молода дівчина з сапою в руках. Лаврін задивився на неї й покинув запрягати другого вола. Дівчина прийшла до Росі, стала на плисковатому камені й почала мити ноги. Лаврін знехотя задивився на її чорні брови.

Дівчина перейшла через греблю, ступила на місток на лотоках, сперлась на поренчата й задивилась не так на воду, як на свою вроду. До неї з води виглянуло її лице, свіже, як ягода, з чорними бровами. Дівчина милувалась собою та червоним намистом на шиї.

Лаврін стояв під вербою недалечка од дівчини й дивився на неї. Сонце грало на червоному намисті, на рум'яних щоках. Дівчина була невелика на зріст, але рівна, як струна, гнучка, як тополя, гарна, як червона калина, довгообраза, повновида, з тонким носиком. Щоки, червоніли, як червонобокі яблучка, губи були повні та червоні, як калина. На чистому лобі були ніби намальовані веселі тонкі чорні брови, густі-прегусті, як шовк.

Лаврін дивився на дівчину, як вона спустила на щоки довгі чорні вії, як вона потім повернулась боком, дивилась на воду, на скелі, як блищав її чистий, рівний лоб.

"Ой, гарна ж дівчина, як рай, мов червона рожа, повита барвінком!"– подумав Лаврін, запрягаючи другого вола.

Дівчина вирвала з верби гілку й кинула далеко на воду. Гілка сунулась по воді поволі, а далі ніби побігла на потоки і шубовснула під колесо. Дівчина засміялась і блиснула всіма білими зубами проти сонця, ніби двома низками перлів. Вона кинула очима на Лаврі́на, задивилась на його й засоромилась, потім знялася з місця, шугнула зозулею проз Лаврі́на, блиснула на його карими очима і повернула на шлях.

Лаврін почутив, що вона ніби освітила всю його душу, освітила густу тінь під вербою, неначе сонцем, і побігла на горку зіркою.

"І де ти, красо, вродилася! – подумав Лаврін. – З твоїми шовковими бровами; коли б ти була зозулею в гаю, то я тебе й там упіймаю".

Лаврін махнув батогом на воли і, замість того, щоб їхати додому через греблю, повернув цабе на пригорок за дівчиною.

Дорога од млина розходилась на три шляхи. Кругом було дуже густо сіл, і Лаврі́нові дуже хотілось знати, з якого села та дівчина. Дівчина пішла середнім шляхом. Лаврін повернув за нею. Він погнав воли й не міг одірвати очей од тонкого стану, загорнутого в горсет, од тонкої загорілої шиї. По обидва боки стояло високе жито, неначе дві зелені стіни. Дівчина йшла попід самою зеленою стіною, висмикувала з жита сині волошки й затикала за вуха. Лаврін догнав її й порівнявся з нею.

Вона глянула на його своїми темними очима, і йому здалося, що на житі блиснули дві зірки.

– Добривечір тобі, дівчино! Чи далеко звідсіль до села? – спитав Лаврін.

– До якого села тобі треба? – спитала дівчина, і її голос рознісся, неначе в житі затуркотала горлиця.

– До того села, звідкіля ти сама, – сказав Лавріи.

– Не питай, бо швидко старий будеш, – сказала дівчина й осміхнулась.

Вона задивилася на Лавріна.

Лаврін сидів на возі, спустивши ноги на вію, і махав батогом на воли.

"Який гарний парубок, хоч і білявий, які в його веселі очі!" – подумала дівчина, поглядаючи скоса на Лавріна.

Дівчина пішла уперед. Лаврін погнав воли за нею. Йому хотілось, щоб вона йшла як можна тихіше, як можна довше, щоб надивитись на неї.

– Чого це ти так хапаєшся? – спитав Лаврін.

– Щоб мати не лаяли, – одказала дівчина.

– А де ж ти була?

– Панські буряки полола за Россю, а це йду додому, – сказала дівчина і вже сміливіше глянула на Лавріна. Вона пішла тихіше, розмовляючи з парубком.

ІВАН НЕЧУЙ-ЛЕВИЦЬКИЙ

– Та скажи-бо, дівчино, з якого ти села, чи з Бієвець, чи з Дешок?

– З Бієвець, – сказала дівчина, – а тобі навіщо?

– А хіба не можна спитати? Як тебе звуть?

– Мелашка. Оце, який ти цікавий!

– А як твого батька прозивають?

– Охрім Балаш. Може, хочеш знати, як і матір звуть? – спитала дівчина й засміялась. – А ти сам бієвський?

– Ні, я з Семигор. Мене звуть Лаврін Кайдашенко.

– А чого ж ти їдеш з борошном не в Семигори, та в Бієвці?

– Та це мене батько послав... – сказав Лаврін та й не доказав.

Вузька дорога йшла на гору й прорізувала високе жито до самого лісу. На горі було видко лісок. Дорога ховалась в лісок і знов зараз спускалася дуже круто в глибокий вузький яр, зарослий густим лісом. Лаврін не поганяв волів: він забув і про воли, і про мішки й тільки дивився на Мелашку.

В долині вже стояла під деревом густа тінь. Доріжка була така вузька, що зелене гілля вгорі сходилось докупи й закривало небо. Старі дуби й граби стояли в тіні стовпами, а на противній горі верхи дерева ще горіли на червоному вечірньому сонці.

Мелашка йшла стежкою й плуталась між високою смілкою та дзвониками. Її чорноволоса голова з маковим вінком здавалась квіткою між високою травою на окопі, між синіми дзвониками та червоною смілкою.

Лаврін не зводив з дівчини очей. Її краса так засліпила йому очі, так разом заманила серце, що вона йому здавалась не дівчиною, а русалкою.

Мелашка заспівала пісні. Пішов гук по лісі і розлив-ся по долині срібною луною.

"Нема в Семигорах ні однієї такої гарної дівчини", – по-думав Лаврін. Він скочив з воза, кинув воли й пішов стеж-кою поруч з Мелашкою. Дівчина липнула на його своїми очима, мов блискавкою, почервоніла й спустила очі вниз.

Густа тінь під зеленим гіллям розлила якісь чари. Мелашка здалась йому тепер вдвоє кращою. Червоний мак на голові зблід перед її красою.

– Скажи мені, Мелашко, де ти живеш? Покажи мені хату твого батька.

В Мелашки так закидалось серце, як птиця тріпаєть-ся крилами в густому гіллі.

– Наша хата край села в яру, на Западинцях, – сказа-ла вона дуже тихо й зовсім спустила вії на щоки.

Воли помалу плентались дорогою. Лаврін мовчав, і Мелашка мовчала.

В лісі було тихо, як у хаті. Здавалось, ліс уже дрімав, засипав і тільки через сон дивився з гори освіченими верхами на заходяче над Богуславом сонце. На висо-кому дубі, над самими головами парубка й дівчини, затріпала крилами якась птиця. Вона злякалась їх обох так, що вони аж кинулись.

– Мелашко! – промовив Лаврін тихим голосом. – Як побачив я тебе над водою, то неначе з криниці погожої води напився.

Мелашка засоромилась і дивилась в землю. Вона мовчала. Птиця на дереві затихла, і знов у лісі стало тихо, як у хаті.

– Твоя краса, твої чорні брови неначе моє здоров'я. Як глянув я на тебе, то наче набрався здоров'я" – знов почав Лаврін.

По дорозі проти їх ішла якась молодиця, спускаючись з гори, Лаврін замовк.

Ліс кінчився на горі. За лісом починалось село, розкидане на горах та в глибоких ярах. Лаврін сів на віз. Мелашка одійшла набік і пішла попід тином. Вони поминули церкву, знов спустились возвозом з крутої гори й повернули в вузький, як рукав, яр. Лаврін поїхав за нею. Яр крутився гадюкою на всі боки. Хати були подекуди розкидані попід горами.

– Оце наші Западинці, а ондечки біліє наша хата! – сказала Мелашка, показуючи на одну маленьку хатину під самою крутою горою в кінці вузької тісної долини.

Хата була третя од кінця й стояла край вишневого садочка. Вона була мала, стара, аж похилилась набік. Коло хати стриміли хлівці та повітка. Було по всьому видно, що Балаш був чоловік убогий.

– Мелашко, я прийду до тебе на вашу вулицю. Чи прийти, чи не треба? – спитав Лаврін.

– Приходь, – сказала Мелашка, – але поспішай додому, бо тебе батько лаятиме.

– А може, ти вийдеш до млина надвечір, під ту вербу, де я стояв з волами. Однак завтра неділя. Я одпрошуся в батька або прийду і батька не питаючись.

Мелашка йшла осторонь і мовчала. Вона думала.

– Чи прийдеш, Мелашко? Бо я прийду, хоч би мене батько прив'язав.

– Прийду, – насилу почув Лаврін од неї тихе слово.

Лаврін спинив воли й водив слідком за Мелашкою очима, доки вона ввійшла в свою хату. Тоді він повернув воли назад і поїхав додому. З Бієвець до Семигор була простіша дорога, але Лаврін поїхав назад тим самим шляхом, кудою йшла Мелашка. Йому здавалось, ніби дівчина погубила за своїм слідом квітки та зорі.

Лаврін приїхав додому аж опівночі. Батько напнув його мокрим рядном:

– Чого це ти так довго барився, неначе їздив з мішками в Крим?

– Та там у млині так завізно, що трудно було дотовпитися, мусив застоювать черги до самого вечора, – одбріхувався Лаврін.

– А я думав, чи не поламав ти часом воза, – говорив сердито батько.

Мелашка ввійшла в свою убогу хатину й стовпом стала.

Доки вона йшла поруч з Лавріном, доти на неї неначе південне сонце світило, а як увійшла в хату, для неї неначе сонце впало з неба, і одразу стала темна ніч. Мати загадувала їй роботу: робота, випадала з рук. Вона пішла в садок, стала під вишнями, схиливши голову, і для неї все здавалось, що вона йде зеленим гаєм поруч з Лавріном і ніяк не перейде того гаю... От вона ніби сходить з гори, входить в темну долину, а з долини знов виходить на гору й знов поруч з Лаврі-ном спускається в яр попід дубами, а Лаврін ніби дивиться на неї ясними веселими очима та все говорить, мов соловейко щебече... Тихій та смирній дівчині йшла на душу пісня.

– Чи ти, дівко, сьогодні здуріла, чи на тебе наслано? – крикнула мати.

Мелашка була з поетичною душею, з ласкавим серцем. Часом вона в своїй розмові несамохіть вкидала слова пісень.

І зелений гай, і Лаврін, і його очі– все разом щезло. Мелашка важко зітхнула і пішла в хату до роботи.

Другого дня, в неділю, Лаврін не міг діждать вечора. Ніколи йому день не здавався таким довгим. Надвечір Лаврін накинув на плечі свитку, взяв у руки сопілку й пішов до млина. Йому здавалось, що його туди несуть крила. Цілу дорогу то сопілка його грала, то пісня ніби сама співалась.

Лаврін прийшов до Росі. За високою скелею перед ним розгорнулась долина з вербами: гребля, Рось, млин над Россю. Вечірнє сонце, так як і вчора, обливало ясним промінням усю долину. Вода під колесами шуміла... Лаврін глянув на місток на лотоках. Мелашки не було; подивився під ту вербу, де він стояв з возом, і там її не було.

Понад Россю над самим берегом росли довгими рядками верби та лози. На одному камені під вербою сиділа Мелашка. Лаврін углядів її голову з вінком квіток. Сопілка сама защебетала, як перепілка. Мелашка вгляділа Лавріна на греблі, встала з каменя й стала над водою, похиливши голову.

Лаврін перейшов через греблю й насилу продерся через густі верби та лози, переплетені білими крученими паничами то ожиною.

– Добривечір, Мелашко! – тихо промовив Лаврін, взявши її за руку.

– Доброго здоров'я! – обізвалась ще тихіше Мелашка, і її очі стали повні сліз, як криниця води. – Я думала, що ти не прийдеш. Чого ти так забарився? Чи тебе мати не пускала, чи батько сварився?

Сядьмо, Мелашко, та поговоримо.

Вони сіли на довгому, як стіл, камені. Сонце світило на їх з-за Росі й пронизувало зелені верби, кущі високої осоки коло самого каменя в воді, високий кущ очерету з кудлатими китицями, що закривав їх од млина.

– Чого ти, Мелашко, така смутна? Брови твої чорні й лице біле: де ж дівся рум'янець з твого лиця?

– Я цілу ніч спала, як не спала. Все ніби гуляла з тобою в зеленому гаю та квітки рвала; все ніби дивилась на тебе – не надивилась, говорила з тобою – не наговорилась.

Лаврін розпитував Мелашку про її батька, матір, за сестер та братів. Вона йому розказала, що її батько бідний, що мати її дуже любить і жалує, що в неї багато маленьких сестер та братів. Лаврін обняв її тонкий стан, і вона схилила йому на плече голову, заквітчану маком, настурціями та м'ятою. На Лаврінове лице похилились свіжі квітки маку та пахуча м'ята й прохолоджували його гарячу щоку, неначе холодна роса.

Мелашка розпитувала Лавріна про його батька, про село, за семигорських дівчат. А вода в Росі тихо плинула, потоки гули, неначе десь далеко у лісі, тихо коливалась осока та латаття на водяній бистрині коло каменя, неначе дерево на тихому вітрі. Сонце сідало за Россю, за богуславським лісом. Жита ніби дрімали. А в молодих душах розгорювалась любов, як розгорюється сонце літнім ранком.

Вже сонце зовсім зайшло, і надворі стало сутеніти. Мелашка встала.

– Чи це ти підеш уже додому? – спитав Лаврін.

– Боюся опізнитися. Мені дорога додому через гай.

– То я тебе проведу, – сказав Лаврін. І вони обоє знялися з каменя й пішли між житами на гору. Лаврін провів Мелашку до села. Вже було видно хати. Треба було прощатися.

– Дівчино моя, краща од сонця, не маю сили одірватись од тебе! Де збирається ваша вулиця? Йди додому, а з дому виходь на вулицю. Я там тебе ждатиму.

– Наша вулиця збирається недалеко од церкви, під вербами, коло криниці. Але як ти вернешся додому вночі? Що тобі батько скаже?

– Вже про те не питай! Те буде, що бог дасть. Мелашка пішла додому, а Лаврін пішов до криниці, де збиралась вулиця.

Надворі смеркало. Під вербами, недалеко од криниці, заворушились дівчата й хлопці. Лаврін стояв під вербою коло тину. Парубки вгляділи його. Поздоровкались з ним і зараз примітили, що Лаврін був їм незнайомий.

– Що ти за людина? – спитав Лавріна один парубок. – Ти, здається, не з нашого кутка... А чого це ти, вражий сину, ходиш до наших дівчат, на нашу вулицю, нас не спитавшись?

Парубки обступили Лавріна навкруги.

– Я не бієвський. Я прийшов у Бієвці недавно й шукаю собі роботи, – обізвався Лаврін.

– Ого-го, добрий робітник! Роботи не знайшов, а на вулицю зараз дорогу знайшов! – крикнув другий парубок.

– Коли хочеш з нами гуляти та до наших дівчат ходить, то став нам могорича, а то ми тобі киями покажемо дорогу з нашої вулиці.

Лаврін знав парубоцький звичай і повів усю парубочу ватагу в шинок. Він поставив їм могорича і вже в згоді з ними вернувся на вулицю.

Мелашка незабаром вибігла на вулицю. Лаврін пізнав її й одрізнився з нею од челяді. Вони стали осторонь, під вербою коло тину, з-за котрого виглядали широкі квітки соняшників. Лаврін прикрив Мелашчині плечі своєю свитою і обняв її за стан.

Зорі висипали на небі. Село заснуло. Дівчата співали та жартували з хлопцями. А Мелашка, як горлиця, горнулась до Лавріна. Вже вулиця розбіглась. На небі зійшла зоря, а Лаврін усе стояв з Мелашкою і не мав сили одійти од неї.

– Коли ж ти прийдеш до мене? – спитала Мелашка.

– Я до тебе ладен щоночі ходить. Прощай, чорнобрива! Прощай, моє ясне сонечко! Десь ти, моя мила, з рожі та з барвінку звита, що додержала мене до самого світу, – сказав Лаврін.

– Коли я твій голос коло двора почую, я зараз вилину до тебе, – сказала Мелашка.

– Як я тебе за себе візьму, чи не будеш нудитись в Семигорах? – спитав Лаврін.

– Чого мені нудитися з тобою? Як ляжу спати, твоя тінь ніби в головах стоїть у мене. Я б прикрила твій слід листом, щоб його вітер не завіяв, піском не замів, – сказала Мелашка. – А може, ти оце підеш за ту діброву та й занесеш навіки свою любу розмову?

Не бійся, Мелашко, я тебе не покину! Післязавтра виходь на вулицю. Я прийду, хоч маю пропасти. Прощай, моя мила, краща од золота, краща од сонця, – сказав Лаврін і поцілував Мелашку, наче впік її душу своїми гарячими устами.

Лаврін прийшов додому вже світом і ліг спати в повітці. Вже всі повставали, а Лавріна не було видно. Вже сонце високо підбилось угору. Батько знайшов Лавріна в повітці і не міг добудитися.

– Десь Лаврін блукав цілу ніч, – сказав Кайдаш жінці. – Ходить коло роботи, мов п'яний, і походя спить.

– На вулиці гуляв, – сказала Кайдашиха. Минув день, минула ніч, а на другу ніч Лаврін знов майнув у Біївці темної ночі при ясних зорях. Мелашка знов до його вийшла, і знов він вернувся світом додому, знов не виспався і так ізнемігся, що, без сорому казка, пішов по обіді в клуню, ліг у засторонку на соломі й спав до самого вечора.

– Занапастив себе парубок! – бідкався Кайдаш. – І де ти бродиш, де ти волочишся цілу ніч? – питав Лавріна батько.

– Там де й ви волочилися, як були парубком, – сказав Лаврін.

Лаврін ходив у Біївці до Мелашки через день і зовсім розледащів. Без Мелашки йому став світ немилий. Йому стала немила мати, став немилий батько, стало погане село. Як тільки наставав вечір, як тільки висипали зорі на небі, його тягло в Біївці. Він не зводив очей з тих гір та лісів за Россю, де стояли Біївці.

– А що, жінко, настають жнива, а з нашого Лавріна не буде ніякої роботи, – говорив Кайдаш до жінки. – Ходить по садку, неначе напившись отрути.

То, про мене, нехай жениться. Треба ж його колись одружити. Але де його брати собі невістку в нашому селі, коли вже ось маємо, одну сатану в хаті. В цих Семигорах усі дівки тепер, мов чорти.

– То оженимо його будлі-де: хіба нема більше сіл на світі, – сказав батько.

Мати пішла в садок, де під яблунею лежав Лаврін.

– Чого ти, сину, став такий смутний? Чи в тебе що болить, чи ти щось на думці маєш?

Лаврін мовчав, тільки рукою махнув. Його очі дивились у зелену гущавину з яблунь та черешень.

– Я оце говорила з батьком за-тебе. Батько хоче тебе оженити. Посилай, сину, старостів до Катрі Головківни. Катря тиха дівчина й гарна, мов калина процвітає.

– Правда, що процвітає, як макуха під лавкою. Нема мені в Семигорах пари.

– А до кого ж ти ходиш на вулицю?

– Та я, мамо, ходжу на вулицю аж у Бієвці.

– Аж у Бієвці! – крикнула мати і в долоні плеснула.

– В Бієвці, мамо! Там набачив я дівчину! Брови чорні, очі карі – любо подивитися; личко, як калина, а як гляне, засміється, в мене серце в'яне. – Та, про мене, шли старостів і в Бієвці… Чия ж вона дочка?

– Балашова. Її звуть Мелашкою.

– Чи ти ж знаєш, що за люди ті Балаші? Чи ти ж знаєш Мелашчині норови? Стережися, сину, щоб не взяв такої, як Карпо.

– Як з нею не оженюся, то в Росі втоплюся, – сказав Лаврін і одвернув лице од матері.

– Чи робоча ж вона? Чи має що за душею її батько?

– А чом же? Балаш, здається, людина з достатками, але я в його скриню не лазив.

– То, про мене, посилай старостів і до Балашівни, а я з батьком поїду на розглядини та подивлюся і на твою милу, і на її батька-матір.

Лаврін так і зробив, як йому раяла мати: причепурився, взяв двох старостів та й пішов у Бієвці.

Балаш не сподівався так рано старостів до своєї дочки. Мелашка була дуже молода. Наставали жнива. Мелашка була потрібна в господі як робітниця. Балаш одказував старостам ні се ні те. Мелашка стояла коло печі й заливалась слізьми. Батько постеріг, чого Мелашка так пізно верталась з вулиці, і згодився на заручини. Мелашка втерла сльози рукавом і подала старостам рушники.

В неділю Кайдаш з Кайдашихою збирались їхати в Біївці на розглядини до Балаша. Лаврін, веселий та щасливий, запрягав воли.

– Чи гарна ж, сину, хата в твоєї Мелашки? – питала мати в Лавріна.

– Ого-го! Ще й яка гарна! Здається, і в цілому селі кращої нема, – говорив Лаврін.

– Чи добрі ж хазяїни Балаші? Чи мають худобу? – питала мати.

– Та там такі робочі люди, що в нас у Семигорах і нема таких, – хвалив Лаврін, бо йому й справді Балаші здавались луччими од усіх людей на світі.

– В Біївцях мене знають: я варила обід у попа, як він видавав заміж дочку. Я там у поповому дворі частувала всю громаду. О, там, моє серденько, є добрі хазяїни. – У нас в Семигорах і справді таких нема, – говорила Кайдашиха.

Кайдашиха наділа тонку сорочку, зав'язалась гарною новою хусткою з торочками до самих плечей і понадівала всі хрести й дукачі, наділа нову юпку, нову білу свиту, ще й в жовті чоботи взулась.

"Треба гарненько убратись: мене знають усі Біївці", – думала Кайдашиха й загадала Лаврінові намостить на возі високо сіна, ще й заслати килимом.

Кайдашиха вгніздилась на весь віз, Кайдаш сів спереду й поганяв воли. Лаврін ішов за возом. Кайдашиха проїхала коло шинку, де стояла купа чоловіків, гордовито підняла голову й "добридень" людям не сказала.

– Ого-го, наша пані економша вилізла трохи не під небо! – загомоніли чоловіки. – Видно, що їде на розглядини.

Кайдашиха виставила навмисне напоказ громаді жовті нові сап'янці. Сонце грало на чоботях. Сап'янці жовтіли на всю вулицю.

– Їй-богу, підняла свиту зумисне вище колін та показує жовті сап'янці, – сміялись чоловіки. – Везе Кайдаш свою жінку, неначе на ярмарок на продаж.

Кайдаші переїхали греблю, виїхали на гору і в'їхали в Біївці. Кайдашиха обтерла білою хусточкою сап'янці і гордовито дивилася навкруги: дивіться, мов, люди добрі, яка панія їде до вас у гості.

Чималі хати блищали між садками. Коло церкви стояла здорова хата з новими вікнами.

– Чи не тут живе Балаш? – спитала в сина Кайдашиха.

– Ні, мамо! Це дякова хата. Балаш живе трохи далі, – сказав Лаврін, показуючи вулицю, кудою треба було повертать.

Віз повернув поза церквою. В одному садку біліла здорова хата з мальованими одвірками та дверима.

– Мабуть, це Балашова хата, – говорила Кайдашиха.

– Ні, мамо, Балаш живе ген-ген на отому кутку, в яру, на Западинцях.

Вже вони минули село. Хат було видно дуже мало. Дорога спускалась з крутої гори в глибокий яр. У яру подекуди біліли вбогі хати, неначе білі вівці.

– Оце, мамо, й Западинці, – сказав Лаврін, і його очі весело заблищали.

Кайдашиха насупилась. На Западинцях не видно було ні однієї хазяйської, доброї хати.

– Куди ж ти оце везеш нас? Здається, ми вже й село минули? – спитала мати.

– Встаньте, мамо, з воза, бо тут гора дуже крута, – сказав син.

Кайдашиха не встигла встати з воза. Воли розбіглись з крутого, як піч, горба. Кайдаш скочив з війя, побіг за волами, спиняв їх, бив пужалном по мордах, але важкі воли не могли здержать воза. Віз пхав їх ззаду, і вони поперли з усієї сили наниз. Кайдашиха вхопилась за полудрабки і трусилась, як у пропасниці. Віз натрапив колесами на горб і перекинувся. Кайдашиха викотилась з воза, неначе м'яч. Сіно вкрило її зверху. Воли потягли воза по долині.

Тпру, сірий! Тпру, моругий, бодай ти сказився! – кричав Кайдаш і сам летів з гори з усієї сили, незгірше волів, а воли басували, мов коні, задерши голови, та тільки рогами крутили.

– Оце завіз мене в Западинці, бодай вони пропали! – кричала Кайдашиха на весь яр. – Трохи в'язів не скрутила.

Кайдашиха вкачалась у сіно та в пил і тільки обтрушувалась. Сіно почіплялось до червоних торочок на голові, поналазило за комір, в пазуху, заплуталось в хрестах та в дукачах. Пил набився їй у ніс, у вуха і навіть у рот. Вона розперезалась, витрушувала сіно з-за пазухи та пирхкала, як кішка, що понюхала перцю. Полудрабок обшмульгав жовтий сап'янець і зробив смугу через усю халяву й передок.

– А бодай ці Западинці були запались, ніж мала я в них їхати! – лаялась Кайдашиха, витягаючи сіно з-за пазухи, висмикуючи його з голови. – Оце заквітчалась сіном, як вівця реп'яхами: каторжне сіно коле в спину, хоч спідницю скидай!

– Та тут хоч спідницю скинь та й по яру бігай! Ніхто не побачить, бо щось тут і хат не гурт видно, – сказав Кайдаш.

Лаврін помостив на віз сіно, заслав килимом. Кайдашиха зовсім очепурилась, сіла на віз та все лаяла Западинці.

Поїзд рушив далі. Яр закрутився на всі боки. Хат було видно все менше та менше. Хати були все бідніші.

– Та й крутяться каторжні Западинці, аж голова в мене вже крутиться! – гомоніла на возі Кайдашиха. – Де ж хата твоєї Мелашки? – питала вона в Лавріна.

– Ото третя од кінця, – сказав син.

Високі, зовсім голі гори стояли по обидва боки, як стіни. Зверху було видно невеличку смужку синього неба. В самому кінці було видно три убогі хатини.

– Оце завіз мене в якийсь вулик. Це не Западинці, а якийсь чортів мішок. Сюди тільки чортам збираться битись навкулачки, а не господарям їздити. То це ті твої здорові хати! Та тут, мабуть, живуть старці, а не хазяїни.

Віз під'їхав під ворота. Балашова хата була мала й стара, вона розсунулась, випнула задвіркову стіну і ніби присіла на одпочинок, неначе стара баба. На причілку хата була підперта двома стовпами, обмазаними білою глиною. Маленькі віконця ледве блищали.

Кайдашиха сиділа на возі й не хотіла злазити. Вона зовсім розсердилась. Лаврін одчинив старі ворітечка. Вони заторохтіли в його руках, неначе кістки сухих ребер. Кайдаш погнав воли в ворота. З-за хати вибігла суха собака, кудлата, як вівця, і зашавкотіла на гостей. З хати вибігло п'ятеро невеличких дітей, а за ними вийшла з хати Балашиха в товстій сорочці, в убогій старій хустці на голові.

Кайдаш і Лаврін поздоровкались з Балашихою. З-за Балашихи з сіней виглянула Мелашка, мов квітка, блиснула чорними очима, пахнула рум'яним лицем і знов сховалась у хату. У Лавріна зомліло серце.

– Просимо якнайласкавіше до хати! – промовила Балашиха й поклонилась Кайдашисі.

Кайдашиха була сердита на Западинці, аж сопла. Вона простягла з полудрабка жовті чоботи й показала їх Балашисі до самих колін. З сіней вийшов Балаш, ще молодий чоловік, привітався до гостей, кланявся сватам і просив їх у хату.

Кайдашиха нахилила в низьких дверях полову, і для неї здалося, що вона влазить в якусь скриню в дірочку. Хатні двері були ще нижчі. Кайдашиха нагнулась і тільки що хотіла гордо підняти голову, та з усієї сили лусь тім'ям об одвірок!

Кайдашиха почутила, що в неї на тім'ї вискочила гуля. Вона вхопилась за тім'я. Гуля заболіла так, неначе хто сунув у тім'я розпеченим залізом. У Кайдашихи виступили сльози на очах, защеміло коло серця, але вона мусила мовчати й терпіть.

"Ой, крикну! – думала Кайдашиха. – Ой, не видержу, заохаю! Оце сором! Ой, вилаю в батька-матір і Лавріна, і цих поганих Балашів!" – думала вона й мусила зуби зціпить, щоб вдержати язика. Малі діти зареготались. Кайдашиха мовчки кляла в батька, в матір і Біївці, і Балашову хату. Вона полапала рукою тім'я – високий очіпок поламався й увігнувся. Кайдашиха стала шута, як безрога корова.

Балашиха попросила Кайдашиху за стіл. Кайдашиха глянула на убогу сім'ю, на убогу хату і не церемонилась; вона просто полізла за стіл і сіла на покуті, запишавшись та втираючи губи хусточкою.

Хата була дуже низька. Маленькі віконця були ніби сліпі. Через старі шибки, вкриті зеленими та червоними плямами, не видно було навіть неба. Стара лежанка з каміння неначе присіла й роз'їхалась. Каміння повипиналось з неї, неначе сухі ребра в худої шкапи. На полу в кутку стояла стара невеличка скриня. Стеля ввігнулась, а серед хати стояв тонкий побілений стовп: і він підпирав сволок.

– Кайдашиха гордим оком окинула хату і обернула голову до образів. Її червона, високо зав'язана хустка на голові придавила коліна святій Варварі на чималому образі. Вона одсунулась од образа й сіла проти вікна.

Малі діти поставали серед хати й повитріщали на Кайдашиху оченята. Коло дітей терлась кішка, обстрижена од голови до самого хвоста. Кайдашиха глянула на дітей, глянула на чорнобриве Мелашчине лице й трохи пом'якшала. Вона любила дітей.

– Чом ти, Лавріне, не сказав, що в моїх сватів є маленькі діти? Ото, який же ти! Я була б вам, діточки, привезла гостинця. В мене ж є й горішки, є мед і мак; була б спекла маківників. Ото, боже мій! – бідкалась Кайдашиха.

Діти пороззявляли роти. Горішки і маківники залоскотали у їх ротиках. Вони дивились на багату тітку і все ждали, що з-під поли от-от посипляться горішки, а з-за пазухи повискакують маківники.

– Оце, боже мій! Не взяла дітям нічогісінько. Нате ж вам хоч по шажку.

Кайдашиха витягла з пазухи хусточку, розв'язала вузол і роздала по шагу. Діти дивились на шаги й не знали, що з ними робити.

– Чи можна, мамо, їсти дзеню? – спитала маленька дівчинка і полизала язиком свою дзеню.

– Не бери, серце, в рот! Бе, пхе! – сказала Кайдашиха.

– Кака дзеня! Якби маківників, – сказав хлопчик.

– Мамо, хочу маківників! – зарепетувала дівчинка.

– Які в тітки жовті ноги, неначе в нашої зозулястої курки, – сказав голосно, але ніби про себе, старший хлопчик.

– Хто видав так говорити! Ось я тобі дам! Ідіть собі гуляти надвір, – сказала Балашиха й випровадила дітей з хати.

Балаш з Кайдашем посідали кінець стола і почали розмовляти за жито та пшеницю, за сіно та за ярину. Балашиха послала найстаршого хлопця в шинок по горілку.

– Оце, боже мій! Гарні гості, та не знаю, чим вас і вітати. Тепер петрівка, такий важкий час, – бідкалась Балашиха.

– Адже ж, мамо, я принесла з лісу глечик суниць, – вихопилася Мелашка. – Зварім на полудень вареники з суниць та з полуниць.

– Одже ти, дочко, добре радиш, – сказала Балашиха. – Побіжи вибери свіжих огірочків та й заходжуйся коло вареників, а ми з свахою трошки побалакаємо.

Мелашка завешталась по хаті, зняла з кілків ночви, винесла в сіни й пішла в хижку за борошном.

Кайдашиха не зводила з неї очей. Мелашка була молоденька й невеличка на зріст, але проворна, жвава.

"Ну, невеличка поміч буде з такої невістки. Для неї ще б тільки на припічку кашу їсти", – думала Кайдашиха.

Хлопець приніс кварту горілки. Балашиха накраяла хліба. Балаш почастував гостей горілкою. Кайдаш вихилив чарку до дна, а Кайдашиха, по своєму звичаю, тільки губи вмочила й втерлась хусточкою. Вона взяла скибку хліба, щоб закусити. Хліб був чорний, як земля, глевкий та несмачний. Кайдашиха через силу проковтнула шматочок. Хліб давив їй у горлі.

"Чи ці люди вбогі, чи Балашиха зовсім не хазяйка? Довго прийдеться мені вчити цю Мелашку, – подумала Кайдашиха і важко зітхнула. – Коли б хоч не була така сатана, як Мотря. І в Мотрі непогані брови, а за тими бровами ціла купа лиха".

– Погана в вас в Бієвцях горілка, неначе сироватка з перцем, – сказав Кайдаш, згадуючи ту чудову запіканку з червоним перцем, що він пив на розглядинах у Довбиша.

– Погана, бо іродів шинкар розводить водою, – проморив Балаш. – Бодай йому смерть така, як оця горілка.

– Так тільки смердить горілкою, – сказав Кайдаш.

Хазяїн почастував Кайдашиху. Кайдашиха багато приказувала, а мало випила.

"Ну, та й горда моя сваха! Тільки полоще губи в чарці", – подумала Балашиха.

Поки старі балакали та пили, Мелашка затопила в печі і поліпила вареники. Кайдашиха не зводила з неї очей та все скоса поглядала на чорні, неначе житні вареники на ситі.

Незабаром і вареники поспіли. Балашиха одцідила їх на друшляк і подала на стіл.

– Вибачте на цей раз, будьте ласкаві. До вареників нема меду, – сказала хазяйка.

– Та обійдемось, моє серденько, і без меду. Чи це житні, чи пшеничні вареники? – спитала Кайдашиха.

– Та це в нас така пшениця вродила, – сказала хазяйка, – не пшениця, а якась мішаниця з житом.

Кайдащиха полизала вареники, виїла полуниці. а тісто покинула на полумиску.

Полуднуючи, свахи зговорилися, щоб зараз після Петра в першу неділю справити весілля. Лаврін пішов з Мелашкою в садок і не міг з нею наговоритися.

– Якби батько не оддав мене за тебе, то я б сама собі смерть заподіяла, – говорила Мелашка до Лавріна.

– Чи не буде Мелашко, тобі скучно за Біївцями? – спитав Лаврін.

– Там мені буде веселенько, де ти будеш зо мною, моє серденько, – сказала Мелашка.

– Балашиха вийшла й покликала Лавріна й Мелашку полуднувать. Балаш почастував їх з своїх рук і налив чарку Кайдашисі. Кайдашиха взяла чарку в руки, і хоч була сердита, але таки не вдержалась і розпустила на всю хату мед своїм язиком.

– Будь же, дочко, здорова, як риба; гожа, як рожа; весела, як весна, робоча, як бджола, а багата, як свята земля! Дай тобі, боже, спішно робити; щоб твої думки були повні, як криниця водою, щоб твоя річ була тиха та багата, як нива колосом. Дай вам, боже, і з роси, і з води; нехай ваше життя буде між солодкими медами, між пахучими квітками.

Кайдашиха таки випила чарку, хоч і скривилась, як середа на п'ятницю. Мелашчина краса таки розв'язала їй язик й витягла з його меду цілий вулик.

Кайдаші надвечір розпрощались з новими сватами і поїхали додому.

– Горді наші свати, нема що сказати, – сказала Балашиха. – Не знаю, чи добре тобі, дочко, буде в цієї чепуристої свекрухи, – промовила вона до Мелашки.

Нешвидкою ступою потяглися Кайдашеві воли вздовж Западинців. Кайдашиха сиділа високо на возі і вже поховала свої жовті сап'янці, прикривши їх свитою. Лаврін ішов осторонь коло воза.

– Ой, поганяй швидше воли! – крикнула Кайдашиха на чоловіка. – Коли б завидна вилізти з цього каторжного вулика. Буду пам'ятати, коли їздила на ці Западинці. Не заманите мене сюди й калачем. Поробили двері, нічого сказати! Трохи собі голови не знесла, а на очіпку зробила собі правдиві Западинці.

– Зате ж, мамо, в вас на голові, мабуть, набігли цілі Семигори. Чи велика, мамо, моргуля на голові? – спитав насмішкувато Лаврін.

– Моргуля!. Твоя теща правдива моргуля. Хліба не вміє доброго спекти. Набралася лиха, поки вивчила багачку Мотрю, а за цією невісткою наберуся три копи лиха, ще й з верхом. Мотря пригнала в двір стрижену ягницю, а твоя Мелашка, мабуть, прижене оту стрижену кішку.

Кайдашиха лаялась та все подивлялась набік, чи часом не вглядить де знайомих людей. Їй здавалось, що проти неї назустріч вийде вся біївська громада з головою на чолі.

– Поганяй-бо швидше! Може, забіжу на часок до попаді та хоч пополудную гаразд, та досхочу нап'юся наливки. Я в тутешньої попаді, як у себе вдома.

Воли виїхали на гору. Коло попового двору Кайдашиха встала й пішла в двір.

– Та не баріться, мамо, не залежуйтесь довго на пухових подушках, – гукнув вслід Лаврін.

– Гляди, лиш, побачимо, яких пухових подушок навезе твоя Мелашка, – обізвалась Кайдашиха, обтираючи хусткою чоботи.

– Хоч між дровами, аби з чорними бровами! – сказав Лаврін. – Хоч під лавкою, аби з гарною панянкою.

– Побачиш, краси на тарілці не краять! Чорними бровами не нап'єшся й не наїсися, – сказала Кайдашиха й пішла в двір.

– І на чортового батька їй здалися ті попаді! Хочеться ж дражнити попових собак! – бубонів собі під ніс Кайдаш.

Вже сонце зайшло, вже надворі смеркалось, а Кайдашиха сиділа та щебетала в попаді. Вони стояли, похиливши голови. Лаврін сперся на тин і думу думав. Кайдаш заснув, простягнувшись на возі.

Забрехали собаки в дворі. Кайдашиха вийшла з хати весела, неначе прийшла з церкви.

– От хто мене вітав! Не так, як Балашиха. І, господи! Не знали, де й посадити мене. Частувала мене матушка і чаєм, і горілкою, і наливкою, – хвалилася Кайдашиха й тим трохи примирилась з Западинцями.

Через тиждень Лаврін повінчався з Мелашкою і привіз її в батькову хату.

VI

Тиждень прожила Мелашка в свекровій хаті, як у раю. Після вбогої батькової хати вона ніби ввійшла в панські покої. Кайдашева хата була просторна, з чималими ясними вікнами, з новими образами, з великими вишиваними рушниками на стінах та на образах. І зелении садок, і маленька пасіка в садку під горою, і криниця під грушею, і левада, і зелена діброва на горах, і розмова з Лавріном за пасікою – все ніби заквітчало свекрову хату квітками та залило пахощами, Тиждень минув, як одна година.

Мелашка ніби не бачила, як п'яний свекор лаявся з свекрухою, ніби не чула, як свекруха обсипала її неласкавими словами.

Кайдашиха привітала старшу невістку перше солодкими медовими словами, а потім уже дала їй покуштувать полину. З Мелашкою вона обійшлась інакше: вона одразу почастувала її полином. Вона не злюбила Мелашчиних батьків і як тільки бралась за тім'я, то згадувала Западинці і свої розглядини в Балашів. Мелашка була молода, незугарна до важкої роботи, а Кайдашисі дуже бажалось на старість полежати та одпочить.

Тільки тиждень після весілля Кайдашиха змовчувала та скоса поглядала на Мелашку, показуючи їй роботу.

На другий тиждень вона вже лаяла невістку і глузувала з неї.

Одного дня ще вдосвіта Кайдашнха збудила Мелашку і загадала їй місить діжу, а сама поралась коло печі. Мелашка влізла руками в діжу і ніяк не могла вимішать тіста з самого дна: діжа була здорова, а вона сама була невеличка на зріст і не могла дістать руками до дна.

– Лавріне! Підстав своїй жінці під ноги стільчика, бач, не дістане руками й до половини діжі.

Лаврін узяв маленького стільчика і підставив Мелащці під ноги. Мелашка вилізла на стільчик і, запнувшись білою фантиною, неначе боролася з здоровою діжею, тикаючи в тісто маленькими кулачками та тонкими руками. Лаврін не зводив очей з Мелашки і милувався, як вона проворно орудувала руками, як стільчик хитався під ногами. В неї на лобі виступив піт.

– Лавріне! Втри жінці піт з лоба, а то ще в діжу покапає, – знов сказала сердито Кайдашиха.

Лаврін обтер своїм рукавом гарячого Мелащиного лоба. Мелашка, як дитина, глянула на його темними очима й осміхнулась. Свекрушин докір полетів проз її вуха й не зачепив душі.

– Лавріне! – знов гукнула Кайдашиха. – Утри лиш носа своїй жінці. Он, бач, дядьки з носа виглядають, – вже кепкувала свекруха, дивлячись на дитячі Мелащині руки.

Мелашка осміхнулась, але якось жалібно глянула на Лавріна, вона неначе не дочула свекрушиного слова, хоч розкуштувала полин.

Лаврін мовчав і тільки глянув на матір.

В хату ввійшов Кайдаш. Він виголодався за роботою і почав гримати, що Кайдашиха опізнилась з хлібом.

– Опізнилась. Чому пак не опізнитись, коли понабирали в хату невісток з Западинців. Коли з Довбишами не могла увинутись, а з Балашами й поготів... Он бабляється з діжею од самого ранку, неначе дитина пічки копає.

Кайдашиха заглянула в діжу. Тісто було зовсім невимішане: на йому було видно бульбашки, неначе горіхи.

– Геть вилазь з діжі, бо сьогодні не будемо обідать! – крикнула Кайдашиха на Мелашку.

Мелашка витягла з діжі руки в тісті, скочила з стільчика й стала серед хати. В неї на лобі блищали здорові краплі поту. Кайдашиха помила по лікті руки й кинулась з злістю на діжу, як на свого ворога. Тісто в діжі аж запищало і неначе заплямкало губами під її руками. Мелашка знала, що не вгодила свекрусі, і стояла ні в сих ні в тих серед хати та дивилась на замазані руки.

– Чого ти стоїш, ніби сьогодні привезена? Он зосталось тіста на руках на цілий хліб. Пообшкрібай ножем тісто в діжу та порайся коло печі.

Мелашка зітхала. Вона почутила, що рідна мати і б'є, та не болить, а свекруха словами б'є гірше, ніж кулаками.

Мелашка мила руки, але руки в тісті не швидко обмивались.

– Чого ти там бабляєшся? Мий хутчій руки, бо прийде батько вдруге до хати, то він нам поб'є спину! – вже крикнула Кайдашиха на Мелашку.

Мелашка затріпала рученятами, неначе пташка крилами. Ще й гаразд не обмила тіста на руках, обтерла їх сяк-так рушником і кинулась вимішувати лемішку. Вона сіла долі, поставила в колінах горщик, обвернутий ганчіркою, і, хапаючись, так повернула кописткою в горщку, що вона зав'язла в густій лемішці, хруснула й переломилась.

– Ой боже мій, з цим недбайлом! – крикнула Кайдашиха, глянувши на Мелашку. – Тепер, про мене, стромляй руку в лемішку та й мішай.

В Мелашки затрусились руки. Вона вхопила ложку і почала вимішувать лемішку ложкою. – Мати твоя, мабуть, вимішувала лемішку ложкою та й тебе навчила! – крикнула з злістю Кайдашиха.

Мелашку здавило в горлі. Вона заплакала. Тільки що Кайдашиха виплескала хліб, а Мелашка посаджала, посипаючи лопату межисіткою, голодний Кайдаш знов увійшов у хату і почав лаяти жінку й невістку.

– Якого ви недовірка вдвох робите, що в вас і досі обід не готовий! – крикнув Кайдаш на всю хату. – Піди, Мелашко, до Мотрі та позич хліба на обід.

Тільки що Мелашка ступила на поріг, Кайдашиха крикнула так, наче на неї хто линув кип'ятком:

– Не йди до Мотрі позичати хліба, бо ноги рогачем поперебиваю! В неї снігу зимою не дістанеш. В Карповій противій хаті двері були одчинені. Мотря почула ці слова.

– Як тільки котра з вас ступить на мій поріг, то я вам обом поперебиваю ноги оцією кочергою! – крикнула Мотря з свого порога і показала кочергу. – Сплять до обіду та ще мене й судять: судіть вже Мелашку, а мене не зачіпайте.

Мотря причинила свої двері, аж горище загуло. Мелашка побігла до сусіди позичать хліба на обід.

Мелашка позичила хліба і верталась через свій садок. Вона вгляділа в садку Лавріна.

– Зобіжає тебе, моє серце, мати, – сказав Лаврін і неначе закрасив материну лайку своїми ласкавими словами.

– Дарма, що мати лає, аби ти мене тішив своїми очима, – сказала Мелашка, глянувши Лаврінові в самі сині очі.

Йшла вона за хлібом, садок неначе пов'яв для неї й листя пожовкло, а як верталася назад, глянула милому в вічі, і для неї знов садок розвився й зазеленів, і сонце весело на йому заграло.

І знов в Кайдашевій хаті почалася колотнеча Кайдашиха почала сваритись й стала дуже лайлива та опришкувата. Вона нападалась на Мелашку сливе кожного дня, точила її, як вода камінь. Мотря не любила Мелашки і все чогось підкопувалась під неї, мов річка під крутий берег. Мелашка жила з Кайдашихою в одній хаті, а через Кайдашиху Мотря була недобра й до Мелашки.

Настали жнива. Кайдашиха запрягла Мелашку до роботи, як у віз. Мелашка вже нудилась за Біївцями, за батьком, за своєю доброю матір'ю. Вона просилась в свекрухи в гості до батька, свекруха її не пустила.

Кожної неділі просилась Мелашка в гості, і кожної неділі Кайдашиха знаходила для неї роботу. Мелашка зажурилась.

– Чого ти, Мелашко, журишся, аж з лиця спала? – питав у неї чоловік.

– Скучила за матір'ю. Вже й жнива минають, а я ні разу не була в матінки в гостях. Цієї ночі мені снилось, що я стала зозулею та й полетіла в Біївці. Прилітаю в батьків садок та й сіла на вишні. Батько неначе виходить в садок та й просить мене до хати. Я влітаю в хату, дивлюсь, а моя мати лежить на лаві мертва, заверчена наміткою, укрита чорним сукном, згорнула руки на грудях і жалібно дивиться на мене.

– Коли мати не пускає, то я попрошу батька. Вижнемо ярину, то, може, й підемо в гості.

– Проси, Лавріне, батька, бо я з нудьги не знаю, де дітись. Шумить діброва на горі та тільки жалю мені завдає. Щовечора дивлюся на заросянські гори, щовечера пориває мою душу! Якби я мала крила, я б, здається, зараз одвідала свою неньку. Така нудьга мене бере, що, здається, якби я зозулею летіла, то ліси б посушила своєю нудьгою, крилами садки поламала б, степи попалила б своїми сухотами і зелені луги сльозами залила.

Молода молодиця залилась сльозами, як мала дитина. Лаврінові стало жаль молодої жінки.

ВІН пригорнув її до себе, вговорював ласкавими словами.

– Здається мені, що до моєї матінки й дорога терном та колючою ожиною заросла, – сказала Мелашка.

Лаврін таки впросив батька, а батько почав вговорювать Кайдашиху. Кайдашиха пустила невістку до родини, а сама таки не поїхала. Навіть попадині пухові подушки та наливка не заманили її на Западинці. Кайдашиха вговорювала поїхать до сватів Кайдаша. Кайдаш не схотів, бо в Бієвцях була недобра горілка.

– Візьми ж, Мелашко, паляницю батькові, а дітям я передам гостинця; ось бач, яка паляниця! На Западинцях, мабуть, і не бачили таких паляниць, не тільки що не їли, – сказала Кайдашиха, подаючи Мелащці пухку паляницю.

Мелашка взяла паляницю в руки. Паляниця, через свекрушин докір, стала для неї важка, як камінь.

Лаврін пішов з Мелашкою в Бієвці.

Тільки що Мелашка ступила на батьків поріг, та й залилась дрібними сльозами, впавши матері на груди.

– Я думала, дочко, що ти вже од нас одцуралась. Ждала я тебе в гості, в вікна виглядала, та вже й перестала.

– Не пускав нас батько, не пускала й мати, – сказав Лаврін, – в жнива було дуже багато роботи.

– Чого ж це ти, дочко, так розплакалась? Мабуть, дуже нудилась за Бієвцями та за нами, – говорила мати, – привикай, серце, до чужого села та до нової рідні. Адже ж люди якось звикають. Недурно ж кажуть: дівка, як верба: де посади, то прийметься.

– Не так легко, мамо, прийнятись, – говорила Мелашка, – коли посадили ніби на гарячому піску.

Мати задумалась: вона догадалась, який то був гарячий пісок.

– У нас була, як, рожа цвіла, а тепер така стала, як квітка в'яла, – сказала Балашиха словами пісні, роздивляючись на свою дочку. – Чого ти, дочко, зблідла та наче пилом припала? І голос твій став такий тихий та смутний.

– Нема мені од чого цвісти. Якби не Лаврін, то я б, здається, ладна й до вас вернутись.

– Не можна, дочко! Зав'язала голівоньку, не розв'яжеш довіку, – сказала Балашиха, осміхаючись через сльози.

Матері все здавалось, що Мелашка нудиться в Бієвцях, що вона ще дуже молода й жалкує за дівоцькою красою та за чорною косою. Вона не думала, що Мелашці було важко в свекрухи.

– Звикай, серце! Як я вийшла заміж за твого батька, то й я плакала, а далі звикла. Така вже жіноча доля.

Мелашка обцілувала маленьких братів і сестер, розв'язала хустку з гостинцями. Діти вкрили хустку, як мухи мед, а в тій хустині було всякого добра: і горіхи з насінням, і груші, й яблука, ще й медяники. Діти аж плескали в долоні та щебетали на всю хату.

Балашиха застелила стіл скатертею, поставила пляшку з горілкою. Балаш частував зятя, а Мелашка з матір'ю пішла в садок, жалілась на свекруху й свекра, виплакала всі сльози, що зібрались за всі жнива, і полила ними материн садок. Мати стояла під вишнею та й собі плакала.

– Я тижня не пробула в свекрухи і вже сльозами облилася, – говорила Мелашка. – Якби Лаврін не оступався за мною, то вони б мене з'їли. А збоку через сіни живе Карпова Мотря, наче люта змія, не сприяє мені через свекруху. Заскубуть, заклюють вони мене, мамо, як лихі шуляки голубку.

– То ти, дочко, не потурай свекрусі. Адже Мотря не мовчить, то й ти не мовчи:

– Коли, мамо, кругом мене все чужі люди, чужий рід, чуже село. Я одна, як билина в полі, а вони всі на-мене, як вітер на билину.

Поплакала Мелашка з матір'ю в садку, ввійшла в хату, сіла за стіл полуднувать і не полуднувала.

"Якби мені перекликать сюди Лавріна, я б навіки зосталась у матері!" – думала Мелашка, поглядаючи на убогу хатину.

Мелашка посиділа в батьків до вечора, пішла до сусід, побачилась з сусідами, наговорилась і вже смерком розпрощались з ріднею. Перейшла вона двір до воріт і стежку облила слізьми. Йшла вона долиною да все оглядалась назад на батькову хату; вийшла на гору, ще раз подивилась на вишневий садочок.

"Прощай, мій спокою! Мій віночку, вишневий батьків садочку!" – подумала Мелашка і пішла селом додому з Лавріном.

Вже вночі пізненько вони прийшли додому. "Потривай же, Мотре, замітала я сіни, виносила і своє й твоє сміття, а завтра не винесу, – думала Мелашка, згадуючи напутіння своєї матері, – нехай вже лає мати, а то й вона кричить".

Другого дня Мелашка вимела свою хату і половину сіней, неначе мотузком одміряла.

– Як вимела рівненько! Чи не поясом міряла сіни? – питала Мотря в Мелашки.

– А хоч би й поясом, що тобі до того! Не буду мести твоєї половини сіней та виносить твого сміття, – сказала Мелашка.

– А хіба ж ти не міряла сіней мотузком, як мазала діл та стіни? – обізвалась Кайдашиха. – Міряєте ви, бодай: вже міряла вас лиха година!

Од того часу Мелашка знайшла собі ще одного ворога. Мотря не давала їй перейти сіни: вона була сердита на Мелашку за те прокляте сміття. Од того часу в хаті гризла Мелашку свекруха, в сінях та надворі стерегла її Мотря.

Настала зима, настав важкий час для Мелашки. Кайдашиха напосілась на неї, як лиха доля: сама спала досхочу, робила легку роботу, а всю важку роботу скидала на Мелашку, наче на свою наймичку. Молода Мелашка, вкинута в чуже село, між чужі люди, не сміла нічого говорити проти свекрухи і мовчки робила все, що загадувала свекруха. Вона була тільки тоді щаслива, як одпрошувалась в гості до батька, та й те траплялось дуже рідко. Старий Кайдаш пив у шинку, приходив п’яний додому і зганяв злість більш на невістці, ніж на своїй жінці. Мотря не пропускала Мелашки через сіни і зачіпала її ущипливими словами. Лаврін оступався за нею та й годі сказав.

Настав страсний тиждень. В великий понеділок до Кайдашів зайшла баба Палажка Солов'їха. Вона була дуже богомольна і щороку їла паску в Києві в Лаврі. І тепер вона збиралася в Київ, але самій іти до Києва було невесело, а ще до того вона трохи боялась сама виряджатись в далеку дорогу. В неї була думка підмовити самого Кайдаша, бо з чоловіком у дорозі все-таки бабі безпечніше.

– Помагайбі вам! Поздоровляю вас з великим понеділком, – промовила Палажка.

– Спасибі, будь і ти здорова, – одказала Кайдашиха, – сідай, Палажко, в нашій хаті.

Палажка сіла на лаві й скорчилась в три погибелі. Вона за великий піст так спостилась, що в неї тільки очі блищали.

– Чи підеш, Палажко, і цього року до Києва? – спитала Кайдашиха.

– Як господь поможе та сподобить, то чом би й не піти. З'їла я двадцять пасок у Києві, то, може, бог поможе з'їсти і двадцять першу. Стара Головчиха зохотилась іти зо мною, та, може, хто із вас піде з нами, бо як з хати піде їсти паску в Київ хоч одна людина, то бог благословить усю сім'ю і на хліб буде поліття. А як хто їстиме щороку в Києві паску, та ще й умре на великоднім тижні, той піде просто в рай, бо на великоднім тижні царських врат не зачиняють і в церкві, і в раю; душа через царські врата так і полетить просто в рай.

Палажка оберталась до Кайдаша. Вона знала, що він богобоящий.

– А хто постить двадцять п'ятниць на рік, той не піде просто в рай? Чи не чула ти, Палажко, чого про те на печерах або в Лаврі? – спитав Кайдаш.

– Ні, – сказала з повагом Палажка, – хто постить у ті п'ятниці та носить при собі сон богородиці, той не буде в воді потопати, в огні горіти, од наглої смерті помирати, а в рай просто, не піде. А хто піде в Єрусалим або щороку в Києві в Лаврі паску їстиме, або вмре на самий великдень, той спасеться, того душу янголи понесуть просто до бога.

Мелашка слухала, і в неї робота випала з рук.

– Треба в Києві на великому тижні висповідатись, в чистий четвер одговіться, треба молебень на печерах найнять, на часточку дати, на святі мощі по шагу покласти, то тоді господь і помилує нас, – навчала баба Палажка, піднявши вгору палець. – А хто купить мира од мироточивих голів або оливи з лампад над святою Варварою та буде мазать собі очі та лоб, в того ніколи не болітимуть очі й голова. Я знаю в Києві всі мощі, всі церкви. Оце як ходжу по печерах та по церквах, то за мною іде слідом сотня або й друга людей, а я всім розказую, в якій церкві які мощі, показую, де лежить пір'я з архангела Гавриїла в панянському монастирі, де стоїть молоко богородиці, де святий Миколай притиснув до стіни своїм образом злодія, як той хотів обікрасти церкву.

– Невже притиснув? – спитала Мелашка, розплющивши широко очі.

– Авжеж притиснув, ще й рукою ухопив та й держав, доки ченці з усього Києва не посходились. А од образа пішов світ на всю церкву, неначе од сонця. Ченці думали, ще в церкві пожежа, та й позбігались. Коли глянуть на те чудо, та мерщій на себе ризи, та зараз вдарили в дзвони, та позабирали в руки свічки, та давай перед Миколаєм править та молитись. Тоді образ і пустив злодія. А той злодій зараз постригся в ченці та й став святим.

В хаті всі слухали Палажчину розмову. Молодиці позгортували руки та важко зітхали, приказуючи:

– Ой боже наш, боже наш!

– А я оце як прийду до того Миколая, та як почну розказувати, то мене люди обступлять та й слухають, та аж шапки поздіймають та хрестяться. Я знаю і де гроші коло образів класти, а де гроші черницям та ченцям просто в руки давати. А за мною люди так і валять валкою, а я їх воджу од Воєнного Миколая до Десятинного, од Десятинного Миколая до Доброго, од Доброго Миколая до Малого, а далі до Мокрого Миколая, а потім до Притиского Миколая.

– Ой, пустіть мене, мамо, в Київ з бабою! – просилася Мелашка. – Я й зросла, а в Києві не була. Мене й господь не помилує на тому світі.

– А церкви там усе з золотими верхами. В печерах лежить дванадцять братів, що будували лаврську дзвіницю. Кажуть, що як будували, то вона все входила в землю, а однієї ночі вийшла вся з землі. Од того часу всі брати постриглись в ченці. Господи, скільки я переводила людей на самий верх дзвіниці до великих дзвонів!

– Ой, пустіть мене, матінко! Здається, вмру, як не піду в Київ. Чи то правда, що там є такий лев, що з рота вода тече?

– Авжеж є: а на левові сидить святий Самсон та щелепи йому роздирає. Як піймав його на Подолі коло Дніпра, як роздер щелепи, та й сам каменем став, і лев каменем став, а в лева з рота вода потекла. Та якого там дива нема! Якби розказувать за все, то не те що дня було б мало, – тижня мало! – говорила Палажка й підвела очі до образів, підняла обидві руки вгору, ще й пальці розчепірила. – Там на Андріївській горі під престолом є джерело, а в те джерело щороку забивають віз вовни. Як тільки покажеться зверху роса, то зараз знов запихають туди віз вовни, бо якби полилась з того джерела вода, то ввесь світ залила б. Я сама чула, як янголи бовтають воду під престолом. Ой господи! Помилуй нас, грішних! – сказала Палажка і зітхнула на всю хату.

Старий Кайдаш сидів, похиливши голову, а Мелашка плакала.

– Піду я з бабою до Києва та одговіюсь в Лаврі. Як не пустите мене, то я, здається, вмру, – сказала Мелашка.

– Авжеж, Марусе, пусти невістку, бо як не пустиш, то буде тобі великий гріх од бога, – навчала Палажка, тикаючи пальцем на образи.

– Та коли ж на великому тижні багато роботи, – обізвалась Кайдашиха.

– Я, мамо, ладна день і ніч не спати, пороблю вам усю роботу та й піду, – просилась Мелашка, втираючи сльози.

– Та, про мене, йди та й за нас подаси на часточку, – сказав Кайдаш.– Пішов би й я, та настає чоловіча робота на полі.

– А коли, дочко, думаєш іти, то спечи собі святу пасочку та калач, та вкинь у торбу крашанок, та кільце ковбаски, та шматочок сала, щоб розговітись свяченим у Лаврі, то тебе господь простить і помилує, – навчала Палажка. – А я вже тобі дорогу скрізь покажу, як пописаному. Мене всі прочани знають з усього світу, я їм усім даю привід у Києві. В Києві вони всі ходять за мною, неначе вівці за пастухом.

Баба Палажка розпрощалась і пішла з хати. Кайдашиха вчинила тісто й спекла Мелащці маленьку паску. Баба Палажка назбирала по селі десять бабів і другого дня зайшла за Мелашкою. В Палажчиній торбі була й паска, і чималий калач, і сало, і сіль, і навіть крашанки. Вона кланялась кожному в хаті й просила простити її гріхи. Прочани пішли до Києва.

– Та не барися, дочко, вертайся додому! – наказувала Кайдашиха невістці, стоячи за ворітьми.

– Як господь не прийме нас до себе, то й вернемось, – говорила Палажка, кланяючись до дзвіниці трохи не до самої землі.

Йдучи селом, Палажка заходила в декотрі хати, щоб попрощатися з тими молодицями, з котрими вона лаялась; але як вона лаялась з цілим селом, то для неї довелось сливе не минати ні одної хати і ходити з хати в хату, як ходить піп з молитвою.

Прочани йшли день, упросились в одному селі на ніч до добрих людей, переночували й раненько знов пішли в дорогу. Мелашка неначе на світ народилась: її не допікала тут ні свекруха, ні свекор, ні Мотря. Понад дорогою зеленіли молоді жита, синіли далекі гори та могили. Надворі було тепло й ясно. Мелашка ніби набиралася здоров'я на волі.

Вже звернуло з півдня. По один бік дороги була чимала гора, а на горі могила. Баба Палажка повела молодиць на ту могилу. З тієї могили вже було видно

Київ з церквами та дзвіницями. Тієї могили прочани не минали ніколи.

Палажка вийшла на могилу, впала навколішки й почала молитись. З могили було видно на горах високі дзвіниці, церкви з золотими верхами. Кругом Києва в долині зеленів густий ліс, синів за Дніпром, ніби повитий сизим туманом, бір, а між соснами подекуди блищали широкі плеса розлитого Дніпра. В лісі блищали золоті хрести монастирів, неначе дорогі камінці, розкидані зверху на бору. Сонце світило на київські гори; золоті верхи сяли й неначе горіли. Баба Палажка припала до землі головою, а за нею й молодиці почали бити поклони.

Палажка встала і, піднявши руки вгору, почала розказувать прочанам:

– Онде велика лаврська дзвіниця, а ото коло неї сама Лавра, а то далі свята Софія, а то свята Варвара, – говорила вона.

Молодиці водили очима слідком за її рукою, а Мелашка стояла, мов кам'яна. Ті золоті верхи та білі дзвіниці здавалися для неї якоюсь дивною казкою. Вона вперше йшла до Києва. Прочани перейшли бір і прийшли на заставу. На заставі стояла черничка й причепилась до їх:

– Спасайтеся, люди добрі! Нехай вас господь спасеть і помилує. Йдіть говіти в наш монастир на Подолі до святого Фрола й Лавра. У нас більше мощей, ніж у других монастирях; у нас є частка младенця, убитого Іродом, є риза христова і кров з христових ран, і пір'я архангела Гавриїла, й молоко богородиці.

Прочани прибували до застави сотнями. Черниця намовляла й заманювала їх до свого монастиря. Сотня прочан пішла за нею. На других заставах так само стояли черниці й затягали до себе богомольців.

Баба Палажка не послухала черниці. Вона гордовито одказала, що вже йде в Київ їсти двадцять першу паску й знає всі церкви й монастирі.

Надвечір Палажка привела прочан у Лавру.

– Чи тут той лев, що з рота в його тече вода? – спитала Мелашка.

– Де там тобі тут! – гордовито сказала Палажка. – Покажу тобі й лева, а це, бач, велика дзвіниця, а оце Лавра; тут лежать мощі святого Феодосія…

Мелашка глянула на дзвіницю і трохи злякалась. Для неї чогось здавалось, що дзвіниця впаде на неї й розчавить її.

Прочани пішли в церкву. В великій лаврській церкві йшла одправа. То було саме на страсть в чистий четвер. Вся велика церква ніби палала свічками і була набита народом. По церкві неначе, розливалось огняне море, заливало закутки, йшло поза стовпами, переходило на стіни, спалахнуло на високому іконостасі до самої бані, розтопило на щире золото іконостас і повисло під банями огняними краплями на панікадилах. Після кожної євангелії дзвонили в дзвони. Серед церкви виходили ченці, ставали півкругом і співали страсні пісні.

Палажка й Мелашка посвітили свої свічки й впали навколішки. Сорок душ ченців у чорних клобуках співали серед церкви такі жалібні пісні, неначе хотіли виплакати в піснях всесвітнє горе. То був не жаль, не плач горя, а якийсь слізний крик, якесь море сліз, що зливалось тисячі літ, і злилось докупи, і полилось піснями з грудей. Здається, в тому морі сліз текли ріки народного горя од самого початку світу, горя од холоду й голоду, од меча, од огню, од татар, од царів, од панів, од жидів, од дужого й багатого, од дикого звіра...

Якась надзвичайна туга лилася слізьми з тих давніх лаврських пісень, складених сотні літ... І Палажку, і Мелашку здавило за серце. В тих сльозах співу ніби текли ріки їх власних сліз од їх бідності, од панщини, од московських та польських закуцій, од давнього польського ярма, од жидівського здирства... Палажка плакала, аж ридала, Мелашка ніби почула в тих піснях, впізнала своє горе в свекрушиній хаті і залилась слізьми.

– Рятуй мене, боже! Рятуй, бо я, молода, загину! – молилася Мелашка, стоячи навколішки коло Палажки й заливаючись слізьми.

Вони вийшли з церкви. Надворі була північ. З церкви висипала сила народу. Коло Лаври була гостиниця тільки для панів. Весь народ покотом ліг кругом церкви на кам'яних плитах. Багата Лавра не спромоглася поставити гостиницю для народу, хоч забагатіла народними грішми.

Висипали зорі на небі. Мелашка не могла заснути. В неї над головою ніби висіла дзвіниця, а в вікна виглядали здорові дзвони. Вона й дивувалась, і боялась тих дзвонів та все розпитувала в Палажки про печери, про святих в печерах, за лева та про пір'я з архангела Гавриїла. Для неї так хотілось побачити всі дива, що вона не почувала, як у неї боліли ноги, нили коліна.

На другий день баба Палажка повела молодиць по церквах. До неї пристало ще з п'ятдесят молодиць. Всі вони йшли за нею, наче сліпці за поводатарем. Палажка водила їх од одної церкви до другої, так що прочани погубили лік церквам. Прочани прийшли в Софію. Серед церкви на амвоні стояв митрополітанський стілець з червоною подушкою. Один дзвонар поклав на ту подушку образок, поставив олив'яну тарілку, вдарив поклона й поклав на тарілку шага. Баба Палажка й собі вдарила перед стільцем три поклони, поцілувала образок й кинула на тарілку шага. За нею посипались молодиці. Посипались п'ятаки на тарілку. Дзвонар зібрав з тарілки гроші й сховав собі в кишеню.

– Святий сидів на цьому стільці! Йдіть цілуйте образ та кладіть по шагу, – говорила баба Палажка до молодиць.

З Софії Палажка повела прочан до Михайлівського монастиря й найняла молебень святій Варварі. За нею слідком і другі молодиці клали гроші на молебень. Од Варвари Палажка повела їх до святого Андрія, а звідтіль на Поділ у панянський Фроловський монастир.

– Наймайте молебень святому Флору й Лавру! – шептала черниця молодицям. – Жертвуйте на святі мощі, а гроші давайте мені до рук.

Деякі молодиці оддали гроші черниці в руки. Черниця сховала їх десь під свою чорну рясу.

– Чи показують ризу господню та пір'я з архангела Гавриїла? – спитала баба Палажка.

– Од пір'я ключі у матушки ігумениї. Ви не сподобитесь його сьогодні бачити, а ризу господню я вам покажу.

Черниця повела бабів за колони, зняла з однієї срібної домовини з мощами червоне покривало. Під ним було друге – дороге, все золоте, з золотими китицями.

– Спасайтеся! Прикладайтесь до господньої ризи! – говорила черниця плаксивим голосом. – В цій ризі Христа жиди мучили.

Баба Палажка впала навколішки, залилась слізьми й поцілувала кінчик золотого покривала. Мелашку взяв якийсь страх, як вона доторкнулась губами до золота та до оксамиту.

Для неї здалося, що вона бачить самого Христа й цілує його одежу. Всі молодиці плакали та втирали сльози, а черниця плаксивим голосом розмальовувала, як жиди Христа мучили, як накладали на голову терновий вінець, як били вірьовками і розпинали на хресті. Богомольці кидали на ризу гроші, а черниця забирала і ховала їх десь під рясою та все поглядала на двері, щоб часом не надійшла мати ігуменя.

В велику п'ятницю Палажка повела прочан на Поділ. Прочани заночували в Братському монастирі. Утреня мала початись в третій годині опівночі. Богомольці зібрались лягти спати покотом на траві під липами пр-осто чернечих келій. З одних дверей келії за богомольцями слідив очима один чернець, молодий, здоровий та повновидий, з довгою чорною бородою. Він набачив у церкві Мелашку. Її краса так вразила його, що він не міг одірвати од неї очей. Він вийшов слідком за нею з церкви, підглядів, як вона сіла з богомольцями під липами полуднувати, і все стояв на дверях, доки смерклось надворі і богомольці полягали рядом на траві. Він нагледів, що Мелашка лягла другою од краю і пішов у свою келію.

З самого краю коло Мелашки лягла баба Палажка і ніби стерегла своє стадо, як добрий пастир. Але одна семигорська молодиця десь спізнилась, прийшла до гурту і лягла спати коло баби Палажки з самого краю, підмостивши під голови клунок з харчами. Баба Палажка лежала тепер од краю другою.

Вже пізненько, як усі богомольці поснули таким сном, що їх не розбудили б і лаврські дзвони, чернець вийшов з келії, знайшов той ряд, де лежала Мелашка, як йому здавалось, другою од краю, підкрався тихесенько та й натрапив якраз на бабу Палажку.

Саме тоді бабі Палажці приснилось, що вона вилізла на лаврську дзвіницю та й стала під великим дзвоном. Дзвін одірвався та й упав на неї. Вона закричала з усієї сили, але дзвін надавив її важким серцем і затулив рота. Прокидається вона і чує, що на її лиці чиясь здорова борода, а чиїсь губи так вчепились в її губи, що вона ніяк не могла розтулити рота. Вона хотіла підняти руки, але хтось держав її за руки, придушивши їх, ніби залізом, до землі. Вона хотіла повернути головою, а в неї на лиці плуталась страшна борода, повні губи так цілували її, що губи аж пристали до зубів.

Баба Палажка перелякалась. Їй здалось, що на неї справді впав дзвін, що то не був сон, а правда. Але вона якось покрутила головою і так крикнула на все горло, що побудила всіх богомольців. Піднявся твалт, шум. Богомольці заворушились, зашуміли, а повні губи цілували бабу в щоки, в брови, в очі, а далі щось чорне знялося і, як куля, полетіло між липи.

"Що це таке? – думав чернець. – Така гарна молодиця, а лице таке тверде, як дірявий горщик; аж губи щемлять!"

– Що там таке! Чи злодії, чи що? – питали сонні богомольці.

– Це тебе, Палажко хтось чи цілував, чи хотів обікрасти, – обізвалась крайня баба.

– Ой, щось побігло! – крикнули молодиці, і кожна почала облапувати свій клунок під головами.

– Це нечиста сила мене давила, – говорила баба Палажка. – Це він мене скушав, бо я вже висповідалась і завтра мала причащатись. Оце, боже мій, який гріх трапився! Двадцять пасок з'їла в Києві, а за двадцять першою такий гріх трапився. Послинив нечистий усе лице, й губи, й щоки. Пху на тебе, сатано!

– Та то якийсь послушник побіг до келій, – говорив один чоловік.

– Еге! Добрий послушник! Се, дух святий при нас, чорт! Цур їм, таким послушникам. Прийдеться завтра другий раз сповідатись. Оце одговілась! Боже мій, яка мені напасть од скусителя, – бідкалась баба Палажка.

– Мабуть, якийсь послушник, бо я чула, як він вас, бабо, цілував, – сказала простенька Мелашка.

– Оце вигадала! – сказала баба Палажка. – Чи то можна, щоб в монастирі були такі ченці. Неначе я оце вперве в Києві. Говорить неначе маленька. Ще рознеси по Семигорах, як вернешся додому.

Баба Палажка дуже обидилась. Вона бачила, що Мелашка підривала її повагу, буцімто чорти вже звернули на неї свою увагу й почастували своїм жениханням та поцілунками.

Одначе на другий день баба Палажка боялась зоставатись на ніч у монастирі і повела прочан говіть в одну церкву на Подолі під самою Андріївською горою. В тій церкві був старий священик. Він збудував для богомольців, зараз коло цвинтаря, на церковному дворі довгу комору з перегородками, але без вікон, і пускав туди прочан на ніч. Тією коморою він притягував до себе велику силу богомольців і заробляв добрі гроші. Монастирі навіть не поробили для селян і таких комор.

Баба Палажка завела прочан у ту комору. Там вони поскладали свої клуночки й замкнули двері. Раненько в велику суботу прочани пішли в церкву говіти.

Старий священик сповідав людей. Сотня богомольців стояла кругом його і ждала. Баба Палажка кивнула на своїх рукою і повернулась до дверей. Вона боялась, що не діждеться сповіді. А гріх тієї ночі мучив бідну бабу, як пекельний огонь.

Тільки що семигорці застукотіли чобітьми по залізному помості, священик покинув сповідати якусь бабу, обернувся, махнув до баби Палажки рукою і крикнув на всю церкву:

– Куди ви, бабки! Йдіть до мене сповідатись! В мене шагом дешевше, ніж у Мокрого Миколая. Вертайтесь сюди! В мене сповідь шагом дешевше й покута більша.

Баба Палажка махнула до своїх, і вся ватага повернула од дверей назад і знов застукала чобітьми по залізному помості.

Тим часом як баба Палажка сповідалась, Мелашка вийшла з церкви й сіла між довгими рядками бабів на церковних східнях, під стовпами. Скраю недалечко від неї сиділа старенька проскурниця й продавала проскури.

Мелашка задумалась. Третій день прожила Мелашка в Києві, як у раї. Вона згадала, що через день для неї треба буде вертатись додому, і зітхнула дуже важко. Сльози виступили на її очах. Вона в Києві не бачила ні свекрухи, ні свекра, ні Мотрі, не чула ні од кого лихого слова. Ніхто не гриз їй тут голови.

Проскурниця почула те важке зітхання, глянула на молодицю й задивилась на неї.

– Чого ти, молодице, так тяжко зітхаєш? – спитала вона Мелашки.

– Господи, як тут у Києві гарно! А як подумаю, що треба вертаться додому, то мені здається, що оце треба через день умирать.

Мелашка розказала проскурниці за своє горе. Добра проскурниця слухала й жалкувала за нею. В Мелашки блиснула в голові чудна думка. Несподівано їй стало на думку зостаться в Києві. Краса міста, краса церков, монастирів одібрала од неї думку навіть про Лавріна.

– Найміть мене, матушко, за наймичку. Не піду я додому.

– Коли хоч, то й ставай помісячно. В мене одна робота – пекти щодня проскури, – сказала проскурниця.

Мелашка сподобалась проскурниці, а од неї саме тоді одходила наймичка.

– Тут у церкві наші односельчани. Сховайте мене, матушко, в свою хату, поки вони підуть з Києва додому.

Проскурниця повела її в свою хату. Хата була зараз коло церкви на цвинтарі, в великому домі, в нижньому етажі, тільки двері в хату були за брамою, на другому дворі. Проскурниця привела Мелашку в пекарню. Пекарня була невеличка, але висока, з одним здоровим вікном, переплетеним залізними гратками. Під вікном од стіни до стіни стояв довгий стіл. Ввесь стіл був укритий рядками проскур і великих, і маленьких, і малесеньких. На ліжку коло печі, на подушках, застелених білим простирадлом, лежали здорові проскури, як паляниці. Наймичка печатала проскури знамеником.

Проскурниця звеліла Мелащці помить руки і поставила її в кінці стола вироблять проскури. Мелашка викачувала тісто та все поглядала на двері. Вона боялась, щоб баба Палажка не вислідкувала її.

Здорова піч була вже витоплена й пашіла вогнем. Через двері було видно маленьку кімнату, де жила проскурниця. В кімнаті було чисто й гарно, як у віночку. На ліжку біліли чисті подушки. На вікні червоніли між зеленим листом китайські рожі. Коло образів з золотими широкими рамами блищала лампадка. На Мелашку неначе повіяв тихий теплий вітер у літній день, такий спокій був розлитий в тих кімнатах. Вона викачувала проскури, а її думки літали в Семигорах, коло Лавріна. Сльози закапали в неї з очей. Вона втерла їх рукавом.

"Не вернуся додому, зостанусь тут, що бог дасть, а потім що буде, то й буде", – думала Мелашка, втираючи сльози рукавом.

Тим часом баба Палажка простояла службу, запричастилась і повела бабів з церкви. Вона хотіла вести їх у печери, але на цвинтарі оглянулась на всі боки й примітила, що нема Мелашки.

– Де ж це ділася Мелашка? – питала Палажка, оглядаючись на всі боки. – Чи не зосталась у церкві?

Палажка вернулась до церковних дверей; паламар зачиняв двері і замикав замком.

– Куди це вона пішла? Може, вона десь за церквою? – говорили баби.

Палажка обійшла з бабами кругом церкви, заглянула в комору, обдивилась увесь двір, – Мелашки ніде не було.

– Оце, боже мій! Де це вона загаялась? – бідкались баби і посідали під стовпами на східцях.

Сиділи вони, сиділи, ждали-ждали, а Мелашки не було.

– Куди це її нечистий поніс? – почала вже лаятися Палажка. – А може, вона потяглася з другими людьми. Та чого ми будемо її ждати.

– Авжеж ходім, а то ще й в печери опізнимось.

Баби знялися з місця й швиденько почимчикували з цвинтаря.

Ввечері баби вернулись з Лаври за Мелашкою, а Мелашка не приходила. Палажці треба було йти знову у Лавру на діяння, щоб їсти паску у лаврі, а Мелашка неначе скрізь землю пішла. Баби пішли в Лавру, діждались свяченого, розговілись, знов вернулись на Поділ, а Мелашка все-таки не приходила. Вони замету– шились і забідкались, кинулись шукати Мелашку по монастирях, скрізь питали в прочан і нічого не допитались. Просиділи ще день-другий у Києві та й пішли в Семигори.

Баба Палажка, вернувшись у Семигори, боялась зайти сказать Кайдашам про Мелашку, пішла собі додому та й сіла. Але по селі пішла чутка, що Мелашка десь одбилась од своїх і не вернулась в Семигори. Та чутка дійшла до Кайдашів: її принесла баба Параска Гришиха, лютий Палажчин ворог, відома на все село брехуха.

Христос воскрес! З святками будьте здорові! – сказала Параска, переступаючи через Кайдашів поріг.

– Чи ви пак знаєте, де ваша Мелашка? Це ж наша Палазя розгубила свою череду десь по Києві. Водила, водила, поки доводилась. Мелашка зосталась у Києві, а з Києва, мабуть, пішла на заробітки за границю або на Бассарабію. Вже правда! Палажці тільки б сліпих блиндарів водити по селах, а не людей до Києва.

– Та це я перечула вже через людей на селі, – сказала Кайдашиха, – а Палажка завела нашу Мелашку десь, мабуть, під шум чи під греблю та й очей не показує.

– Еге! Знаєш ти, чого вона ходить щороку до Києва паску їсти? Та вона цілу ніч в Братському монастирі обнімалась та цілувалась, вже й не знаю, чи з ченцями, чи з чортами. Знає вона там усі входи! Побачиш, коли вона не принесе з Києва другого байстрюка в приполі, бо одного вже має: ще й твою невістку навчить добру.

Параска розказала Кайдашам всю комедію з бабою Палажкою в Братському монастирі у велику п'ятницю.

– Ти, Кайдашихо, не пускай з нею більше Мелашки до Києва, як ще Мелашка вернеться додому. Тепер я знаю, як вона розговляється в Києві, – говорила баба Параска.

Лаврін стояв ні живий ні мертвий. В його й руки опали. :

– Ой боже мій! Що ж тепер нам робити? Де Мелашку шукати? Завела ота стара, бодай її завело в безодню, – говорила Кайдашиха.

– Та піди в волость та попроси, щоб її погнали в Київ шукать Мелашки. Нехай знає, як поводатарю-вать, – намовляла Параска, – та піди та побий їй морду, та на-товчи добре потилицю. Шкода, що вона не завела моєї невістки.. Я б оце показала їй Київ.

– Це, мамо, Мелашка покинула нас через вас, – обі-звався Лаврін.

– От і через мене! Ще що вигадай! Хіба я гнала її в потилицю до Києва чи що ? – говорила Кайдашиха.

– Бо ви її гризли, гризли, доки до свого не до-гризлись. Як пропаде Мелашка, то я вам цього не по-дарую, – говорив Лаврін, блідий, як смерть. – А оту стару відьму я за коси потягну в Київ, нехай мені шу-кає Мелашку.

– Авжеж за коси, та ще й батогом ззаду підганяй! – на-мовляла Параска.– Та чого ви сидите? Чом ви не підете до неї? Ви думаєте, що вона сама до вас прийде? Підіть до неї та розпитайте, та наступіть на неї, та придавіть коліном, то вона й розкажи вам, де діла Мелашку. Певно, завела десь на спасіння.

– А справді ти, Параско, добре радиш, – сказала Кайдашиха, – ходім та прісікаймось до тієї дурисвітки, може, вона знає, де Мелашка, та тільки не хоче признаватись.

– Авжеж, ідіть усі гуртом та насидьте на неї, то вона й признається, де старців водила, –– намовляла Параска.

Кайдаш, Кайдашиха та Лаврін пішли з бабою Параскою до Палажки.

Палажка сиділа під хатою на призьбі й грілась на весняному сонці. Вона вгледіла Кайдашів з бабою Параскою за ворітьми, догадалась, чого вони до неї йдуть, і трохи злякалась.

– Христос воскрес, Палажко! – сказала Параска.

– А я оце до тебе гостей навела і сама в гості прийшла.

Баба Параска одчинила ворота, впустила Кайдашів, знов зачинила, сперлась на ворота обома руками, поклала голову на руки і тільки поглядала на Палажку веселими сірими очима. В неї губи осміхались, неначе хто їх помазав свіжим медом. Вона налагодилась дивиться на кумедію.

Баба Палажка не одказала на її привітання. Вона тільки блиснула на неї злими маленькими чорними очима. Кайдаші обступили Палажку.

– А що, Палажко! Водила, водила нашу Мелашку, доки не завела, – сказала Кайдашиха. – Де наша молодиця?

– А хіба я знаю, де вона? Одбилась од нас коло церкви на Подолі, ще й нам наробила клопоту. Ми через неї просиділи в Києві цілих два дні, ще й мусили бігати по монастирях та по церквах.

– Чом же ти хоч не зайшла до нас та не сказала? – спитав Кайдаш.

– Де ви, бабо, діли Мелашку? – кричав Лаврін.

– Куди ви її завели? Навіщо ви її покинули в Києві?

– Оце, боже милостивий! Хіба ж я її в пазуху сховала, чи з'їла, чи що? Завела та й завела... Хіба Мелашка мала дитина, що я її за руку заводила!

– Навіщо ви її підмовляли йти в Київ? Чого ви притаскались до нас з своїми брехнями, розпустили дурного язика про чуда? Нащо ви підманили молодицю? – репетував Лаврін, згорнувши руки на грудях.

– Про які брехні це ти провадиш? Я розказувала про чуда, а не про якісь брехні. Бреши сам, бо ти од мене молодший. Не на те я щороку ходжу в Київ, щоб брехні точити. В тебе, Лавріне, молоко на губах не обсохло, з ти брехню завдаєш преподобним жонам.

– Йдіть, бабо, до Києва та пошукайте Мелашки, бо як не підете, то я вас силою потягну, – сказав Лаврін.

– Авжеж потягни, та ще й за коси, та підганяй її батогом ззаду! – крикнула з-за воріт баба Параска.

– А тобі яке діло? Чого ти прийшла паскудити мої ворота! Он послинила ворота, як скажена корова! – крикнула од призьби баба Палажка.

– Я, бабо, піду в волость жалітись на вас. Вас волосний присилує йти в Київ за Мелашкою.

– Ти залигай її віжками та й веди! Чого ти на неї дивишся, як на святу та божу! – гукала за воротьми баба Параска. – Цілувалася в Києві з ченцями та з чортами, доки не розгубила своєї челяді.

– Хто? Я? – крикнула Палажка й скочила з призьби.

– А то ж хто? Вже чи не я. Добре розговілася, нічого сказати, – говорила Параска.

– Йди, Палажко, з нами в волость, – сказав Кайдаш, – нічого тобі не поможе. Там даси одвіт перед громадою.

– Де ви діли мою жінку? Куди ви її завели? – кричав Лаврін.

– Та вона завела її в монастир до ченців! – кричала Параска за ворітьми.

– Вбирайся та йди з нами! Нічого тобі не поможе. Підеш ти з Лавріном знов до Києва та хоч покажеш, де загубила мою невістку, – гомонів Кайдаш.

– Як підеш другий раз у Київ, то не цілуйся з ченцями! – крикнула Параска на всю улицю.

– Хто? Я? То це ти на мене таке говориш? – закричала Палажка і вхопила граблі. – Ось я тобі, стара відьмо, покажу ченців та чортів!

– А що, поводаторко, смачно! – кричала Параска. Палажка покинула Кайдашів, кинулась до воріт і впері́щила граблями по воротях. Параска одскочила. Граблі перебились пополовині. Половина одскочила за ворота й зачепила по руці Параску. Параска вхопила шматок граблів і шпурнула ними через ворота на Палажку. Палажка поперла держалном на вулицю на Параску. Параска прийшла під ворота, плюнула в двір і пішла по вулиці.

– Бодай тебе побила лиха година та нещаслива. Ще й вона чіпляється до мене, неначе я згубила з світу її невістку, – голосила крізь сльози Палажка, вхопившись руками за голову. – Це не Мелашка, а смерть моя. Коли вона зосталась у Києві, то, певно, через тебе, Кайдашихо. Про мене, йди собі в Київ чи хоч і за границю та й шукай її, – сказала Палажка, обертаючись до Кайдашихи.

– Що ти кажеш? Через мене Мелашка покинула нас? Тобі, Палажко, час помирати, а ти набріхуєш на мене! Схаменися, стара бабо! Що ти верзеш? Сама ходить по хатах, піддурює людей іти з собою, а на мене складає пеню.

– Ба через тебе. Хіба люди не говорять за тебе на селі? Хіба не знаємо, як ти нападалась на невістку? Отак якраз, як ота стара сука, Параска, на мене, що я через неї і світу не бачу.

– Палажко, небреши на старість. Ти гріха не боїшся, – сказала Кайдашиха.

– Ба не брешу. Бреши сама! – крикнула Палажка і кинулась на Кайдашиху, як півень кидається на другого півня.

– Ба брешеш! Яке тобі діло до мене та до моєї невістки? Яке тобі діло до того, що в нашій хаті робить-ся? Нащо тобі заглядати в наші горшки? Кайдашиха кричала й совалась з кулаками до Па-лажки. Палажка кидалась до Кайдашихи й била кула-ком об кулак. Вони то збігались, то розбігались, як ті півні, що кидаються один на одного.

– За мої горшки, за мою невістку ось тобі на! – сказала Кайдашиха і дала Палажці дулю під самісінький ніс, так що вона аж голову задерла.

– А тобі ось дві!

Палажка стулила дві дулі, покрутила одну кругом другої і сунула обидві під самий ніс Кайдашисі.

Кайдаш побачив, що непереливки, пхнув одну бабу на один бік, а другу на другий.

– Куди яка панія! Проше та проше, пані економша! – дражнилась Палажка з Кайдашихи. – Це по-панській дулі сучиш; нічого казати, звичайна!

.

– Не твоє діло, по-панській чи не по-панській! Вбирайся та ходім у волость, от що! – репетувала Кайдашиха.

– То й піду! Ти думаєш, я тебе боюся? То й піду. Піди вперше вберися в жовті чоботи та в червоне намисто, пані економшо, коли хочеш вести мене позивати в волость.

– Не тільки в жовті, в червоні чоботи взуюсь, а та ки тебе в тюрму посаджу, – кричала Кайдашиха й крутилась на одному місці, неначе козачка танцювала.

Кайдаш і Лаврін микались і собі в бабську змажку, кричали на все горло, змагались разом з бабами й підняли такий гвалт на весь куток, що люди повибігали з хат. Параска знов вернулась, сперлась руками на ворота і з злістю осміхалась своїми сірими очима.

Кайдаші таки потягли бабу Палажку в волость. Параска пішла за ними назирці оддалеки. Палажка ніби почула її плечима, обернулась, взяла грудку землі та й пожбурила на неї.

– На свого батька кидай! Скажена! – крикнула здалека Параска.

– На, цю-цю! На, сіра! – крикнула Палажка і знов пожбурила на Параску грудкою.

Понеси своєму чоловікові та дочці на закуску! – крикнула Параска і все-таки йшла за Кайдашами в волость.

Кайдаші прийшли з Палажкою в волость. Волосний розпитав про їх діло, вилаяв Палажку, але не присудив їй іти в Київ шукати Мелашки. Він сказав, що Мелашка не маленька, а коли зосталась у Києві, то вона мала свій розум у голові для того.

Палажка вийшла з волості з Кайдашами, скрутила дві дулі, тикнула їм у вічі й пішла додому. Лаврін спустив очі, похилив голову і гукнув до Палажки:

– Як не знайду Мелашки, то я вас, бабо, вб'ю або повішу!

– Повісь свою маму на сволоці на кілочку, ще й убери в червоні чоботи? – обізвалась Палажка й дременула додому. Позад неї здалеки йшла Параска. Її сірі очі притухли: Палажки не посадили в холодну.

Лаврінові доводилось самому йти до Києва шукать Мелашки. Він ходив по селі та розпитував тих бабів, що ходили до Києва разом з Мелашкою. Всі вони казали, що Мелашка покинула їх коло тієї церкви, що стоїть під самою Андріївською горою, на Подолі, а як звали ту церкву– ні одна баба не знала. Під тією горою на Подолі стоїть не одна церква.

Лаврін усе думав, що Мелашка от-от прийде додому, а вона не приходила. З Києва вертались прочани й розказували багато дива, як буває між прочанами. Одна баба розказувала, що сама чула од людей, а ті люди казали, що ніби на свої очі бачили, як у Лаврі ходив якийсь чоловік, у котрого руки приросли до материних кіс. Так той син з матір'ю й ходять по всіх київських церквах та монастирях та просять, щоб їм господь простив гріх. Друга баба принесла з Києва звістку, що якась молода молодиця ходила в Києві по Лаврі та по печерах та все кричала не своїм голосом. Люди говорили, ніби її прокляв батько, прокляла мати, прокляв увесь рід, і вона з того часу ходить у Києві по монастирях в одній сорочці, боса й простоволоса, бліда, як смерть, нічого не їсть, не п'є й не говорить та все просить бога журавлиним та совиним голосом, то нявкає, як кішка, то реве, як товаряка. Всі Кайдаші стояли кругом баби, посхилявши голови, і тільки важко зітхали. Кайдашисі здалося, що та молодиця була Мелашка. Вона боялась, що її проклін побив Мелашку, як лиха година, почутила свою провину і тільки плакала мовчки.

Через кілька день через Семигори йшли з Києва люди й розказували, що коло Києва в бору знайшли вбиту молодицю. Та чутка полетіла по селі. Баба Параска принесла ту звістку до Кайдашів. Кайдашиха дуже стривожилась. Її серце пом'якшало, і вона дуже жалкувала за тим, що недобре обходилась з своєю невісткою.

Тим часом чутка про Мелашку пішла по близьких селах, дійшла до Біївців. В Біївцях скрізь говорили і про сина, що приріс руками до материних кіс, і за молодицю, прокляту родом, і про вбиту жінку в бору. Мелашчин батько та мати побігли в Семигори до Кайдаша. Вони довідались, що Мелашка й справді пропала десь у Києві.

Бідна Балашиха голосила; Балаш і собі плакав; Кайдашиха ридала, бо почувала свою провину; Лаврін стояв коло порога й собі плакав. Карпо з Мотрею, забувши про колотнечу з матір'ю, і собі ввійшли в хату і сумно дибились, підперши руками голови. В хаті неначе лежала на лаві мертва Мелашка, і вся рідня зійшлась на її похорон.

– Боже мій милостивий! – голосила Мелашчина мати. – Якби Мелашка вмерла дома, мені не було б так жалко; я б знала, що вона вмерла; я б її оплакала по-людській, а то, може, її тіло звірі рознесли по лісі. А все, свахо, через вас. Чи то раз Мелашка приходила до мене та заливалась слізьми?

Кайдашиха втерла сльози рукавом і терпіла не менше од Балашихи. Несподіване горе впало на неї, неначе камінь з неба. Довго плакали та сумували Кайдаші й Балаші. Кайдашиха, Балашиха та Лаврін постановили йти до Києва та шукать Мелашки. Балашиха вернулась на час у Біївці, щоб тільки забрать на дорогу одежу та харч, і вони втрьох зараз-таки того дня пішли до Києва.

Тим часом Мелашка служила в Києві в проскурниці. Вона прожила перший тиждень тихо, спокійно, як у бога за дверима. Робота в проскурниці була неважка після важкої роботи в свекрухи. Харч була добра. Сама проскурниця була добра женщина, не лаяла, не гризла Мелашки з ранку до вечора, як гризла свекруха. Перший тиждень Мелашка одпочивала. Але другого тижня, після провід, Мелашка почала нудитися за Лавріном. Вона виробляла проскури, а її думки літали в Семигорах коло милого. От їй здається, що вона стоїть з Лавріном у садку під черешнею, розмовляє з ним, дивиться йому в очі. Лаврін докоряє її за те, що він любив її, як свою душу, жалував її, як мати дитину, а вона покинула його. От вона примічає в його очах сльози: сльози виступили з його синіх очей і полились по рум'яних щоках на траву…

Мелашка одразу заплакала так, що сльози полились з її очей річкою на стіл. Вона ледве встигла перехопити їх рукавом.

– Чого ти, Мелашко, плачеш? – спитала проскурниця. – Чи жаль тобі села, чи матері, чи чоловіка?

– Не жаль мені ні села, ні роду, жаль мені тільки чоловіка. Мабуть, він за мною побивається, коли одразу так залило мою душу сльозами.

– То вернись додому, коли тобі за ним жалко, – говорила проскурниця.

– Не вернуся, матушко, мені здається, що треба вертатися в пекло, як тільки я згадаю про свекра та свекруху.

– Якби мені прикликать сюди Лавріна, я б до смерті не вернулась в Семигори, – згодом сказала Мелашка. Вона посаджала в піч проскури, вийшла в двір і стала на воротах. Ворота виходили в цвинтар; через їх було видно високі стовпи церкви з широкими залізними східцями. На східцях сиділи і стояли прочани. В церкві правили вечерню. Мелашка обвела очима прочан і вгляділа семиторських молодиць. Вона так зраділа, що крикнула й хотіла побігти до їх розпитать про Лавріна, але схаменулась і оступилась за браму. Вона дивилась з-за брами на своїх людей і неначе побачила Лавріна та рідну матір.

Вечерня скінчилась. Люди розійшлись; пішли з цвинтаря й семигорські молодиці. Мелашка слідкувала за ними, доки вони не зайшли за залізні гратки. Молодиці обернулись, вгляділи її, але вона так швидко одскочила за ворота, що молодицям здалось, ніби вони бачили мару, схожу на Мелашку.

Надворі стало смеркатись. Мелашка вийшла на цвинтар, стала під липою й згорнула руки. Вона все думала за Лавріна, як він сумує, як плаче за нею, а сльози лилися з її очей.

На цвинтарі було тихо, як у хаті. Тополі й липи мліли в теплому повітрі, а Мелашці ніби снився семи-гор-ський садок; вище од садка на горі семигорська церква, під церквою ставок; в садок виходить до неї на розмову Лаврін, бере її за руку.

– Боже мій! Прийми мою душу до себе, – говорила бідна молодиця, – лучше мені каміння носити, ніж таке горе терпіти. Полинула б я через бори, через степи та хоч би глянула свого милого. Гріх мені, що: я мучу його й себе!

ІВАН НЕЧУЙ-ЛЕВИЦЬКИЙ

Над цвинтарем ніби висіла Андріївська тора з гострим верхом, а на самому вершечку стриміла Андріївська церква і ніби висіла на ясному темно-синьому небі, що блищало на заході. Легкі хмарки сунулись по небі. Мелашка задивилась на гору, на церкву; їй здалось, що не хмарки летять в небі, а тонкі, з самих стовпів, бокові бані на церкві заворушились, що сама церква почала колаватися на гострому версі гори. На неї напав страх. Вона глянула ще раз вгору, і їй здалось, що хрести на церкві трусяться й коливаються, що коливається вся гора, от-от впаде на неї. І вона прожогом побігла з цвинтаря до хати.

Проскурниця посадила Мелашку вечерять– вона й ложки не вмочила. Лягла вона спати, її сон не брав. А журба та туга давила її коло серця, як важка гора. Тільки, що вона заснула, аж їй сниться, що вона йде з Лавріном зеленим бієвським гаєм, йде по пояс в траві та в квітках, а далі вийшла на шлях і пішла з ним між двома стінами зеленого жита, прийшла до млина й сіла з ним над Россю на камені, обняла його й приголубила. Коли гляне вона на Рось, аж Лаврін пливе, потопає серед річки. Бистра вода несе його серединою. Лаврін то поринає з головою, то виринає, виставляє руку й махає на неї. Вона хоче кинуться у воду, рятувать його, а її ноги приросли до каменя, ніби пустили вербове коріння. А вода клекоче, булькотить та все несе Лавріна далі на гостре каміння, де вода реве та стогне, ніби весною. Мелашка хотіла закричати і тільки ніби зашуміла листом. А за Россю в Семигорах десь дзвін сумно дзвонить на гвалт, і тиха луна йде над водою, над шумом, понад дібровою.

Мелашка прокинулась. На дзвіниці дзвонили на утреню. Вона схопилась з постелі й перехрестилась. Надворі почало на світ благословиться.

"Боже мій! Він за мною побивається! Я взяла на свою душу великий гріх", – думала Мелашка.

Минув другий тиждень. Мелашка почала потроху привикати до нового місця: пекла проскури, ходила по церквах, по монастирях і вже сама добре не знала, чи вертаться чи не вертатись додому.

Тим часом Мелащина мати з Лавріном та Кайдаши-хою йшли до Києва, стрічали дорогою силу прочан та все розпитували, чи не бачили вони молодої молодиці, що одбилась од гурту, чи не чули чого про таку молодицю між прочанами в Києві? Вони вступили в великий бір під Києвом і разом усі троє заплакали та все дивились по дорозі між сосни: їм здавалось, що Мелашка лежить десь у бору вбита. Бір жалібно гув на тихому вітрі, неначе бджоли в здоровій пасіці, і тільки їм жалю завдавав.

Прийшли вони в Київ, зайшли в Лавру. Коло Лаври сновигала велика сила людей з усяких країв. Вони втрьох ходили, розпитували, чи не чув хто, чи не бачив молодої чорнявої молодиці, чи не шукала, чи не питала вона про своїх людей. Прочани розказували, що недавно одна молодиця одбилася од своїх людей і шукала їх на печерах, але та молодиця була русява й немолода.

Лаврін з матір'ю та з тещею зайшов у новий Іоні-ївський монастир. Між богомольцями походжав старий ігумен в шовковій чорній рясі, розпитав їх, чого вони шукають, і почав уговорювати Лавріна, щоб він зостався в тому монастирі на роботу на год або на два за спасіння душі, доки не знайде в Києві своєї жінки. Чернець лякав його тим, що господь покарав його за якийсь гріх, як не свій, то батьків або материн. Лаврін трохи вже не зостався, але йому дуже хотілося знайти Мелашку!

Всі вони троє пішли шукати тієї церкви на Подолі, що стояла під самою Андріївською горою, але таких церков було доволі. Вони ходили, розпитували в людей і зайшли на той цвинтар, де жила Мелашка.

Під стовпами коло церкви Лаврін сів з матір'ю на східцях.

Проскурниця сиділа на самому нижньому східці й продавала проскури. В той час Мелашка вибігла з пекарні й хотіла побігти до проскурниці за щось спитать. Вона виглянула в ворота й почала роздивляться на прочан. Обвела вона очима по східцях раз і нікого знайомого не побачила. Народ сновигав коло церковних дверей, як бджоли коло вулика. Коли вона зирк! – коло самої проскурниці сидить молодий чоловік, зовсім такий, як Лаврін. Він сидів до неї боком. Мелашка впізнала Лаврінову русяву кучеряву голову, рівний лоб, рівний тонкий ніс. Але чого він став такий блідий, такий смутний?

"Чи Лаврін, чи ні? – думала Мелашка. – Де ж дівся з лиця його рум'янець? Чого він став такий блідий, як смерть, та нужденний, неначе слабий?"

Вечірнє сонце світило на високі білі стовпи, на людей, що вешталась у промінні, неначе мухи сновигали й грали проти сонця. Промінь упав на Лаврінове лице.

– Це він! – сказала сама до себе Мелашка і вхопилась за серце. В неї заморочилась голова; вона крикнула і трохи не впала на місці.

– Адже ж ото моя мати! – зашепотіла Мелашка, вглядівши свою матір коло товстого білого стовпа. – А ондечки й моя свекруха...

На Мелашку неначе хто линув водою з льодом. Вона одхилилась за ворота й одну хвилину не знала, чи бігти до їх, чи тікать в пекарню. Але Лаврі обернувся до неї лицем. Мелашка глянула на його ясні очі, заридала, як мала дитина, і, як стояла в одній сорочці, так протовпом і кинулась між люди просто до Лавріна.

Лаврін углядів її й тільки подивився на неї смутними докірливими очима.

Вона прибігла до його й заголосила на весь цвинтар.

Мати й свекруха вгляділи Мелашку й кинулись до неї з плачем.

Народ обступив їх навкруги.

– Ой боже мій? Нащо ти, дочко, нас мучила! – перша почала говорити Мелашчина мати. – Ти знаєш, якого ти жалю нам завдала?

– Ми думали, що тебе вже й на світі нема, – говорив Лаврін, – ми тебе оплакали як помершу.

Мелашка стояла та тільки хлипала, як хлипають малі діти. Вона й слова не могла промовить. І сльози, і кривда, і радість так здавили в грудях, що вона ледве зводила дух.

– Де ж ти, дочко, тут пробуваєш? – спитала Мелашку свекруха, плачучи.

– Отут служу в добрих людей, стала в матушки за наймичку, – насилу промовила Мелашка, показуючи рукою на проскурницю.

– Це, Мелашко, мабуть, за тобою прийшли родичі? – спитала проскурниця. – Шкода мені тебе! В мене ще не було такої доброї та робочої наймички, як ти.

– Ми, матушко, візьмемо з собою Мелашку, – обізвалась мати. – Господи, як вона вимучила нас, доки ми її знайшли. Слава тобі, господи, що таки знайшли.

Народ ворушився, гомонів, розпитував. Цікаві молодиці обступили Мелашку, її матір та свекруху. Проскурниця покликала Мелащину рідню до себе в хату. – Вертайся, дочко, додому; тобі ніхто й лихого слова не скаже, – викручувалась свекруха ласкавими словами.

– Та вже ж вернусь, ніде не дінусь. Якби ви не знайшли мене, то я, мабуть, сама вже не вернулась би.

Другого дня Мелашка з ріднею вийшли з Києва. Всі йшли бором смутні та невеселі. А бір гув, як море в негоду, од найтихішого вітру та наводив сум на сумні й без того душі.

Мелашка прийшла додому, і свекруха справдила своє слово; од того часу вона знов облила Мелашку солодким медом, а полин неначе сховала десь у комору для Мотрі. Кайдашиха боялась, щоб Мелашка знов не чкурнула на Бассарабію або й за границю. Сльози та несподівана тривога помирили сім'ю, неначе всіх помиряюча смерть.

Вернувшись додому, Кайдашиха поїхала в Богуслав на ярмарок, набрала Мелащі на спідницю й на хвартух, купила здорову гарну хустку й новий жовтий з червоними квітками очіпок. Через два тижні Мелашка обродинилась: вона мала сина.

VII

У Кайдашевій хаті стала мирнота: свекруха помирилась з невісткою. Зате на дворі, між двома господарями, старим та молодим, почався нелад. Лаврін вже вважав себе за господаря. Він був менший син у батька, і все батьківське добро, по українському звичаю, припадало меншому синові. Лаврін знав, що батькова хата, батькові воли й вози, все батьківське добро – все те його добро. Він перестав слухати батька, а батькові хотілось порядкувать в господарстві. Кайдаш постарівся і став ще частіше заглядать в корчму, запиваючи давнє панщанне горе. Всі гроші, що він заробляв у пана та в людей на возах, на плугах та боронах, старий Кайдаш пропивав у шинку.

Він не давав Лаврінові грошей до рук, і Лаврінові стало важко покорятись дражливому та лайливому батькові.

У петрівку починалась косовиця та гребовиця, а тим часом достиг і ранній ячмінь-рихоль.

Старий Кайдаш загадав звечора Кайдашисі та Мелащі гребти сіно, а Лаврінові косити ячмінь. Другого дня Мелашка взяла на руки дитину, причепила на спині колиску й триноги для колиски; Кайдашиха забрала граблі, тикву з водою, і вони вирядились у поле.

Старий Кайдаш порався в повітці коло свого майстерства. Коли дивиться він, серед двору Лаврін запрягає воли, а коса лежить на призьбі.

– Чом це ти, Лаврін, і досі не йдеш у поле? Чи ти не бачиш, що сонце вже от-от поверне на полудень? – спитав Кайдаш. – Та нащо ж ти оце запрягаєш воли?

– Поїду до млина. Казала мати, що нема борошна, – обізвався Лаврін, завертаючи воли до воза.

– А я ж тобі велів іти косити ячмінь?

– Постоїть до завтра, не де дінеться, не втече.

– Ти ж знаєш, що ячмінь зовсім стиглий: зараз висиплеться.

– Ячмінь ще не зовсім стиглий, ще два або три дні постоїть, – обізвався Лаврін. – Гей, перістий! Ший ставай! – крикнув він на вола.

– Іди в поле косити, кажу тобі! Як треба буде до млина, то я сам поїду.

– І я дорогу знайду. Ідіть, тату, в повітку та майструйте коло воза.

Син не слухав батька.

Старий Кайдаш плюнув і пішов у повітку, а Лаврін почав запрягать воли.

“Заженуть мене синки швидко на піч”, – думав старий Кайдаш, майструючи в повітці.

Другого дня Лаврін узяв косу і пішов з Мелашкою та з матір'ю до ячменю. Батько мовчав та тільки поглядав на Лавріна.

– Чи це йдеш на поле, не питаючись мене? – спитав Лавріна батько.

– А хіба ж Карпо вас питається, як іде на поле? А чим же я гірший од Карпа? – обізвався Лаврін, кинувши косу й перевесла на плечі.

– А як прийдеться платить подушне та за землю, то й тоді мене не спитаєшся? – спитав Кайдаш.

– Ви берете гроші в свої руки, то ви й платіть. Давайте мені гроші до рук, то й я буду платить, – сказав Лаврін.

– Може, ти хочеш, щоб я й тобі виділив твою частку поля, як Карпові?

– Нащо? Ваша частка – і моя частка; ви сьогодні господар, а я завтра, – сказав Лаврін.

– Добре поважаєш старого батька! Покарає тебе господь за мене, а як не тебе, то твоїх дітей, – сказав батько.

– Не питай старого, а питай бувалого, – сказав Лаврін. – Карали ви Мотрю, карали вже й Мелашку і без господа; буде з нас тієї кари.

З того часу Лаврін загарбав хазяйство в свої руки. Батько мусив мовчати і рідко коли вмикувався в хазяйство. Він більше майстрував, заробляв гроші, постів усі п'ятниці та з горя, сливе, щодня вертався ввечері додому з шинку п'яний. Його голова стала сива, аж біла, тільки брови чорніли на широкому блідому лиці та темні очі блищали, неначе в ямках, глибоко позападавши під бровами.

Раз у спасівку старий Кайдаш пішов в суботу на вечерню. Сонце стояло над лісом. Церква була порожня. В бабинці стояла одним одна баба. Кайдаш став навколішки і бив поклони. Дяк співав жалібну церковну пісню. Коли це чує Кайдаш, щось потягує тоненьким голосом за дяком. Голос лився, як срібло, десь зверху. Він підвів очі й глянув на іконостас. Зверху на іконостасі стояв чималий золотий хрест з терновим вінком на перехресті, а по боках коло хреста стояли навколішки два позолочені янголи. Кайдаш глянув на янголів, вони розтулювали роти і співали разом з дяком тоненькими голосами. Кайдаш стривожився й одвів очі. Глянув він на намісні образи, і вони співають, а разом з ними співають усі образи в церкві... Кайдаш перелякався і став на ноги. Слухає він і дивується. Кайдаш повертав головою на всі боки, всі образи співали. Дивиться він на образ Варвари. Варвара заворушила пальцями, повернула очима; на їй убрання замаяло. На образі Параскеви П'ятниці – з розкішними, розпущеними по плечах кісьми, з квітками на голові – квітки на голові затрусились, неначе од вітру. Параскева П'ятниця повернула очима на його, мов жива.

Кайдаш злякався і вийшов з церкви. У притворі на стіні висів здоровий образ страшного суду. Кайдаш глянув на його скоса; на образі внизу була намальована в пеклі здорова коняча голова з білими гострими зубами; та голова засміялась до його. Полум'я в її роті загойдалось, мов свічка од вітру. Невеличкі постаті грішників та чортів в зубах заворушились, мов комашня. Маленькі хвостаті та рогаті чортики висолопили до його язики.

Кайдаш перелякався, одвів очі од страшної картини і вийшов надвір. Він сів на східцях і схилив голову. Надворі було тихо, як у хаті. Сонце стояло низько над самим лісом і пронизувало світом верхи лісу, зелені, як трава на степу. Над лісом од сонця тяглися неначе довгі стьожки та стрічки, виткані з світла й золота. На заході стояла одним одна хмарка на чистому небі, вся золота, з червоними краями.

Смутне Кайдашеве бліде лице освітилося рожевим світом, наче лице в мерця. Він підвів блискучі очі, глянув на ліс і побачив, що над самим шпилем, серед лісу, на хмарці стояв чоловік, прозорий, як туман, і неначе кивав рукою до його, ніби кликав.

Кайдаш встав і пішов з гори. Він зійшов вниз, пішов далі шляхом, а те диво на хмарі одсунулось од його ще далі за ліс. Вій вийшов на гору за село. З гори було видно широку долину, обставлену горами, вкритими лісом; в долині блищала Рось.

Кайдаш пішов на греблю, не знаючи для чого. Колеса в млині крутились, вода шуміла й розливала голосний гук по долині. Коло млина стояли вози, вешталась люди. Проз Кайдаша проїхав чоловік возом, а далі пролетів пан на баских конях і трохи не зачепив його колесом.

Кайдаш оступився на кінець греблі і трохи не впав у воду. Він напружив свої сили, одскочив набік і опам'ятався.

– Боже мій! Де це я? Чого це я зайшов на цю греблю? Чи мені треба було йти до млина, чи в Біївці? – питав сам у себе Кайдаш. Він згадував і нічогісінько не згадав, вернувся у Семигори і тільки тоді згадав, що був у церкві, що з ним там діялось щось чудне.

Кайдаш уже смерком вернувся до хати. Сім'я вже повечеряла й полягала спати. Він підійшов під двері й хотів постукать. Коли гляне – з-за угла кинулась на його собака, здорова, як годований кабан, з кінською головою, з рогами і заблищала страшними очима. Він оступився назад і махнув на неї руками. Гляне він, аж до його лащиться сірий Барбос.

Кайдаш увійшов у хату. Кайдашиха засвітила лампу, думала, що він був у шинку і зараз почне коверзувати. А Кайдаш сів кінець стола, блідий, як смерть, і задумався.

"Боже мій! Що це зо мною діялось? – думав Кайдаш. – Чи це мене бог карає за гріхи, чи показує свою ласку за правду?"

– Де це ти бродиш? Чого ти став такий жовтий, як віск? – питала в Кайдаша жінка.

Кайдаш махнув рукою, послався на лаві і ліг спати. Другого дня в неділю Кайдаш ходив цілий день смутний та задуманий. В понеділок він пішов в поле косити, а нудьга давила його, як камінь. Вертаючись з поля, Кайдаш забалакався з людьми коло шинку, зайшов з ними в шинок і випив півкварти горілки. Іде він через греблю попід вербами, коли гляне в воду, з-під греблі вискочив чорненький хлопчик з маленькими ріжками, з здоровою головою та й побіг за ним слідком. Кайдаш пішов швидше, а чорний хлопчик біг за ним та приказував за кожним його ступенем: туп, туп, туп, туп! Кайдаш обернувся й махнув на хлопця косою. Хлопець неначе в землю ввійшов. Кайдаш пішов через місток, коли оглядається, а хлопець знов біжить за ним по містку та все приказує: туп, туп. Кайдаш пішов стежкою понад ставком, з берега плигали цілими сотнями маленькі, як жаби, чортики, пірнали, знов виринали й дражнились з його язиками.

Кайдаш прийшов додому. Ввійшов він у двір, дивиться в той куток, де росли густі колючки, аж там замість колючок ростуть маленькі чортики з ріжками, схожими на цвяхи. Кайдаш махнув косою, і йому здалося, що ті чортики полягли покосами та тільки ніжками дригають. Він викосив усі колючки, коли гляне за двір, аж і там, замість кропиви та лопуху, ростуть чортики. Кайдаш давай косити кропиву. З хати повиходили сини й невістки. Карпо гукнув до батька:

– Що ви, тату, робите? Чи вам діла нема, що ви косите на вулиці кропиву?

– Еге, кропиву! Добра кропива! Хіба ти не бачиш, скільки наросло тих чортів, бий їх сила божа! Ось я вас, проклятих, усіх викошу!

Сини й невістки бачили, що батько п'яненький, і почали над ним глузувать. Кайдашиха вийшла з хати й почала його лаять.

В той час з поля йшла череда. Кайдашеві здалося, що на кожній свині сидить верхом по чортові. Чорти волокли довгі хвости по землі, штовхали свиней під боки ногами й поганяли їх макогонами та кочергами. Свині вибрикували, неначе баскі коні, а чорти гецали зверху та махали руками.

– Жінко! Чи ти бачиш, що то їде верхом на свинях?– крикнув Кайдаш до ж інки.

– Схаменися, п'янице! Чи ти здурів, чи ти знавіснів! Гаращо вже горілки напився!

– Еге, здурів! Чи ти ба! Чорти їдуть верхом на свинях! А бий вас сила божа! Дух святий при нас і при хаті! А ондечки на панському бугаєві якийсь сидить пузатий, та витрішкуватий, та рогатий! Такого оканя та пузаня я й між панами не бачив. А бодай вас хрест побив! А ондечки між вівцями скільки їх плутається.

– Та йди в хату та вечеряй! – крикнула на Кайдаша жінка. – Та протри, лишень, свої п'яні баньки!

Кайдаш увійшов у хату. На комині блимала лампа без скла й більше чадила, ніж світила. Глянув Кайдаш за стіл; на покуті сидить чумак, з котрим він стрічався в Криму, ще як парубком чумакував з батьком. Коло того чоловіка сидить Кайдашів покійний батько і неначе розмовляє з тим чоловіком. Кайдаш придивлявся до їх, впізнав чумака й батька, сів і собі кінець стола і почав з ними балакать.

В хаті всі стривожились. Усім було не до сміху. Кайдашиха перестала вже лаяться.

– Омельку, стань та помолись богу! Що це з тобою діється?

– Еге, а хіба ти не бачиш, що батько прийшов до мене в гості та ще з херсонським чумаком, – говорив Кайдаш.

Молодиці полякались. Мелашка побігла до сусідів і покликала кілька чоловіків. Чоловіки прийшли і почали вговорювати Кайдаша, щоб він помолився богу та лягав спати. Кайдаш став перед образами і почав голосно молиться, як моляться маленькі діти. Кайдашиха хрестила ножем вікна й двері, дістала пляшечку свяченої води і дала Кайдашеві напитись. Мотря побігла за бабою Палажкою. Палажка на селі була знахуркою. Кайдашиха на той час забула за свою змажку та колотнечу з Палажкою.

Одчинились двері; з темних сіней увійшла в хату баба Палажка повагом та тихо, в білій катанці, зав'язана чорною хусткою. Вона так загоріла в жнива, що її вид чорнів, та ще проти білої свити, неначе був помазаний сажею. Маленькі чорні очі блищали, як жар.

"Чорна, як сам чорт, – подумала Кайдашиха, – ще перелякає мого чоловіка".

Баба Палажка переступила поріг і зараз почала хреститись та нашіптувать. Вона вступила в хату, неначе піп прийшов з молитвою.

– Чи ти ба! На Палажчиній голові чортячі роги! – сказав Кайдаш.

– Іду я, раба божа Палажка, до раба божого Омелька все лихо одганяти з його жил, з його жовтої кості, з його червоної крові, з семидесяти суставів. з його сивого волоса, з його голови, з його булави, з його очей, з його плечей. Зійди на ті болота, на ті очерети, де глас божий не заходить, де люди не ходять.

Кайдаш стояв серед хати й голосно молився. Всі вийшли з хати, зостались тільки з Кайдашем Палажка та Кайдашиха.

Баба Палажка налила в миску з кухля води, влила з пляшки трохи свяченої води, вкинула в воду жарину й шматочок печини, взяла в руки веретено, вмочила його в воду і черкнула шпилькою навхрест по крисах миски; потім взяла ніж, вмочила його в воду і знов черкнула ним так само по мисці, та все нашіптувала:

– Як пішла я понад очеретами та болотами та зійшла я на високу могилу: ой там на могилі, на Осі-янській горі, там стоїть церковця, бубликом замкнута, медяником засунута. Одкусю я медяника, одкусю я бублика та ввійду в ту церковцю. Свята святиця, небесна царице! П'ятінко-матінко, і ти, святий понеділочку, божий клюшничку! Мокрино, Марино, Агапіте, Алипіє, Іване, Дем'яне й ти, Миколає, Мирликийський чудотворче! Пом'яни, господи, раба божого Омелька, та ті книжки, що в церкві читають: єрмолой, бермолой, савгирю і ще й тую, що телятиною обшита. Радуйся, Охрімку й Пархімку і ти, невісточко, свята покрівонько, що в лаврі замурувалась. Наберу я в черепок хуху, та виллю я на раба божого Омелька. Алилуй же його. господи, і шарпни його по боках, по ребрах, по кістках, по чреслах, коло його скотини. Хрест на мені, хрест на спині, уся в хрестах, як овечка в реп'яхах. Помилуй його, безкостий Марку, сухий Никоне, мокрий Миколаю! Сарандара, марандара, гаспида угас, василиска попер! Амінь біжить, амінь кричить, аміня доганяє!

Баба Палажка дмухнула на воду тричі навхрест і дала Кайдашеві напитись. Потім вона викликала Кайдашиху в сіни й звеліла їй утопить в горілці маленьке цуценя, намочить в тій горілці на три дні оселедця і дати ту горілку Кайдашеві на похмілля. Кайдашиха витягла з скрині чималий шматок полотна ще й копу грошей і дала Палажці за труда.

Кайдашиха так зробила, як їй раяла Палажка. Кайдаш, нічого не знаючи, як напився тієї знахурської горілки, заправленої цуценям та оселедцем, то пив поспіль три дні. Кайдашиха тільки рукою махнула й послала його до священика. Кайдаш розказав йому про своє нещастя, найняв молебень Ісусові й акафіст богородиці, ходив говіти в Богуславський монастир. Він перестав пити на той час, і дідьки перестали йому привиджуватися.

– Це моя смерть іде за мною, коли вже до мене приходив небіжчик батько, – говорив Кайдаш.

– Добра смерть, коли ви, тату, й не перестаєте пити, – говорив Лаврін.

Од того часу Лаврін забрав у свої руки і воли, і вози, і все господарство. Загнали діти батька на піч на одпочинок.

– Був я колись Кайдаш, а тепер перевівся на маленького Кайдашця, – говорив Кайдаш за чаркою горілки в шинку.

Терпів Кайдаш, а далі не витерпів: знову почав заходити в шинок.

Раз була місячна ніч. Кайдаш спав на лаві. Чує він, щось рипнуло дверима, і в хату ввійшов його давній знайомий– херсонський чумак. Кайдаш встав і почав балакати з чумаком. Побалакавши в хаті, Кайдаш вийшов на двір і пішов з ним за ворота. От вони вийшли на вулицю і пішли ніби до шинку, але вони перейшли через греблю, минули село, а шинку все не було. Ідуть вони шляхом та все балакають. Вже вони зійшли з гори, прийшли до Росі, перейшли Рось через греблю, а шинку все-таки нема. От вже перед ними ліс. Місяць світить на полі, а під лісом лежить густа тінь. Кайдаш увійшов у ту тінь і загубив дорогу. Дивиться він – чумака нема, а кругом його товсті дуби та липи. Зверху через гілля промикується світ місяця, й подекуди його проміння блищить на землі, неначе жовті ясні хустки, розстелені по траві, або золоті яблука, розкидані по землі. Кайдаш глянув униз, перед ним росла купа здорових та високих, до самих колін грибів, з блискучими, як вогонь, вершками. Купа грибів заворушилась, з-під неї вискочили малесенькі зайчики й почали плигати один через другого. Зайчики почали сміятись, наче малі діти, а над ними піднявся розкішний кущ папороті й зацвів блискучими іскрами. Квітки сипались, наче іскри з печі, а далі з куща виросла здорова, як миска, квітка, вся виткана з золота й вогню, з червоним жаром в осередку. З квітки знялась вогняна птиця й пурхнула на дерево. Кайдаш підняв голову в гору, стукнув лобом об дуба та й… прокинувся.

– Боже мій! Де це я? – говорив сам до себе Кайдаш.

Він стояв у одній сорочці серед густого лісу. Над лісом між гіллям висів повний місяць на небі. Товсті стовбури лип та дубів ледве мріли кругом його, а білі берези блищали неначе білі воскові свічки. Кайдаш обернувся назад і побачив між деревом поле, облите місячним світом. Він вийшов з лісу, глянув на поле і вглядів шлях. Місце було зовсім незнайоме. Він пішов шляхом з гори й дійшов до Росі. Млинові колеса зашуміли й притягли до себе його увагу. Кайдаш прийшов до млина і тільки тоді зовсім опам'ятався та роздивився, куди він зайшов.

На Кайдаша найшов страх. Йому здалося, що його водить нечиста сила. На його спину неначе хтось сипнув приском; волосся на голові піднялося вгору. Але він прийшов до млина, вглядів людей; люди ходили, розмовляли, носили мішки на вози. Кайдашеві стало веселіше. Один чоловік поїхав возом через греблю. Кайдаш пішов за його возом, розговорився з ним і йшов з ним до самого села.

Вже другі півні проспівали, як Кайдаш прийшов додому і побудив усіх у хаті. Мелашка засвітила світло, глянула на Кайдаша і злякалась: вій був жовтий, як віск; його очі блищали й горіли, як свічки.

– Де ти ходиш, де ти бродиш? – почала гримати на чоловіка Кайдашиха: вона думала, що він пив до півночі в шинку.

– Еге, ходиш... Добре ходжу. Не сам ходжу, а мене водить, – промовив Кайдаш через силу, схиливши голову на руку. – Завела мене нечиста сила аж у бо-гуславський ліс.

Кайдашиха не йняла йому віри: вона все думала, що він п'яний. Кайдаш підвів очі й глянув на комин, на шию коло комина, під шиєю була дірка на піч. Дивиться Кайдаш, з тієї дірки вискочив чортик, такий завбільшки, як кіт, та й знов сховався на піч. Кайдаш не встиг одвести очей, а з-під шиї вискочило вже два чорти, показали йому язики і знов сховались у дірку. Кайдаша взяла злість, він ухопив макогона, кинувся до комина та як трісне макогоном по шиї, аж шматки глини одколупились і посипались додолу.

– Омельку! Чи ти здурів, чи ти з глузду з'їхав? – крикнула Кайдашиха.

– Еге, здурів! Хіба ти не бачиш, – он чорти вискакують із дірки.

– Свят, свят, свят! Перехрестися! Де ті чорти взялися! – говорила Кайдашиха. – Нап'ється в шинку та тільки дуріє.

Кайдаш обернувся од комина, коли гляне під стіл, під столом лежить здоровий, як кабан, та кудлатий чорт, з страшною чорною мордою, з рогами, з ротом до вух, з білими здоровими зубами. Кайдаш злякався і сів на лаві. Він зирнув на піл, на лаві й на полу сиділи рядком здорові чорти і клацали до його зубами, неначе вовки. Кожний держав по жарині в роті: жар світився в їх зубах, зубаті пащеки червоніли. Один чорт показав йому на сокиру під лавою й шепотів: "Візьми сокиру та зарубайся!" Другий показував на налигач під полом і шепотів: "Піди в клуню та повісся!" Третій підказував: "Піди до ставка та втопись!"

– Жінко! Чи ти пак не бачиш, скільки чортів сидить на лаві? – говорив Кайдаш, а сам трусився, аж зубами цокотів.

– Господи милосердний! Тільки нас лякаєш, – говорила Кайдашиха.

Мелашка стояла коло печі ні жива ні мертва. Лаврін схопився з постелі.

– Виведіть мене надвір! Вже чортів повна хата, а між ними здорові мухи літають та чорні круки шугають, – сказав Кайдаш.

Лаврін взяв батька за руку й вивів у двір. Мелашка злякалась і вибігла слідком за ними. В Кайдашихи трусились ноги од переляку. Вона дістала свяченої води, покропила хату, засвітила страсну свічку перед образами.

Кайдаш провітрився надворі. Лаврін увів його в хату. Страхіття десь зникло.

– Треба мені висповідатись, – сказав Кайдаш, – це, мабуть, смерть моя наступає.

Кайдашиха й Лаврін насилу вмовили його лягти на постіль. Тільки що він виліз на піл і хотів лягти, йому здалось, що на постелі лазять здорові раки та чорні павуки. Прудкі павуки, такі завбільшки, як гусенята, кинулись до його, як собаки. Він підвівся й почав обтріпувати одежу. – І де та нечисть набралася на полу! – крикнув Кайдаш, обтрушуючи сорочку. – Лавріне! Візьми віника та позмітай оту погань.

Лаврін взяв віника і ніби щось змітав з постелі. Тоді Кайдаш ліг на постіль і заснув.

На другий день Кайдаш пішов до священика, висповідався, але все те нічого не помогло. До його вадився херсонський чумак, приходив до його вночі та все неначе водив його десь по пущах та по нетрях.

Через тиждень той чумак завів Кайдаша знов на греблю, а вранці його знайшли в воді на потоках коло самої застави. Мірошник прийшов підняти заставу і вглядів у воді неживого чоловіка. В млині мололи семигорські люди і впізнали Кайдаша.

Волость приставила до втопленика сторожу. Три дні лежав під вербою Кайдаш, покритий старою свитою, доки приїхав становий і звелів синам узяти батька та поховать.

– Постив батько дванадцять п'ятниць, щоб не вмерти наглою смертю та в воді не потопати, а проте втопився. І п'ятниці нічого не помогли, – говорив Карпо. – Варто було мучити себе цілий вік.

VIII

Поховали сини Кайдаша з великою честю, просили священика занести батька в церкву; як ховали, то читали євангелію трохи не коло кожної хати; після похорону справили багатий обід. Кайдашиха роздала старцям щедру милостиню, дала священикові на сорокоуст.

На четвертий день після похорону Карпо й Лаврін почали ділитись батьківськими спадками.

– А що, Лавріне, – сказав Карпо, – розділим тепер грунт пополовині, а то батько одрізав мені городу, неначе вкрав.

– То й розділимо, – сказав Лаврін. – Чи підемо в волость, чи обійдемось і без волості?

– А нащо нам здалася та волость! Одміримо пополовині город та пополовині садок, та й годі, – сказав Карпо. – Хіба таки самі собі не дамо ради?

– Про мене, міряймо город і самі, – сказав Лаврін. Карпо взяв довгу та рівну ліщину і почав з Лавріном міряти город вздовж та впоперек. Перемірявши город, вони розділили його вздовж пополовині й позабивали на межі кілки.

– А що, Лавріне, чи будемо городити тин, чи, може, й без тину обійдеться? – сказав Карпо.

– А навіщо той тин здався? Адже ж у нас двір коло хати спільний, хоч на йому й стоїть і твоя і моя повітка та загородка, – сказав Лаврін.

– Про мене, нехай буде так, – сказав Карпо.

– Але не знаю, як ще наші жінки скажуть, – сказав Лаврін, про матір вже й не згадуючи.

– Хіба в мене жіночий розум, щоб я жінок слухав? – сказав Карпо.

Тільки що вони переміряли город та садок, з хати вибігла Мотря. Вона вийшла на город і окинула його оком з горба вниз, а од низу на горб, потім вийшли на горб і ще раз поміряла грунт очима. Лаврінова частка здалась їй більшою, мабуть, тим, що в чужих руках шматок хліба все здається більшим. Вона скинула з себе пояс та давай міряти город перше впоперек: на Лавріновій половині вийшло більше на один пояс. Переміряла вона вдруге, – ой лишечко! Лаврінова частка була більше аж на два пояси.

– Бодай вас лиха година міряла, як ви оце переміряли, – сказала сама до себе й заходилась мірять поясом грунт вподовж: ой гвалт! Лаврінова половина виходила довша на цілий пояс, ще й висунулась ріжком на вулицю в бузину.

– Потривайте ж! – крикнула Мотря на весь город. – Це, мабуть, свекрушище помагала їм мірять! Це вона припустила собі на один пояс вздовж та на два пояси впоперек, ще й ріжок у бузині собі одтягла.

Мотря прожогом побігла до хати, держачи в руках пояс, та репетувала на весь город. Коло припічка стояла та хворостина, котрою Карпо з Лавріном міряв город. Мотря вхопила хворостину й кинулась у двері кулею, як птиця.

– Це ви, мабуть, з матір'ю так міряли город, бодай вас міряв сей та той! – крикнула Мотря на порозі так, що двері з обох хат разом одчинились і з дверей повискакували всі: і Карпо, й Лаврін, і Кайдашиха, й Мелашка. Вони повитріщали очі на Мотрю.

– Чого вилупили баньки, неначе мене зроду не бачили? Як це ви переміряли город? Та нехай його чорти спечуть з такою мірою! – гукнула не своїм голосом Мотря й брязнула об землю хворостиною так, що вона аж захурчала.

– Хррр! – захурчав насмішкувато Лаврін. – Чого це ти кричиш, неначе на батька.

– Кричи на свою матір! Я й тобі захурчу отією хворостиною, коли хоч. Як ви міряли город, коли Лаврінова половина більша і вздовж, і впоперек.

– Твого розуму не спитали, бо свого, бач, нема, – сказав скривджений Лаврін.

– Неправда твоя. Мотре, – спокійно сказав Карпо, заклавши руки за спиною.

– Бреши сам! Ось я тільки що сама міряла. Іди в волость, нехай волость вас розділить, а не свекруха, – репетувала Мотря.

– Одчепись од мене, сатано! Я й дома не була, як вони міряли. Це правдива причепа! – сказала Кайдашиха. – Бере моє добро, ще й мене лає.

– Ідіть міряйте на моїх очах, а як ні, то я ваші кілки на межі геть повикидаю за тин, а таки свого докажу, – кричала Мотря.

Мотря вибігла з сіней і побігла на город; за нею пішла Кайдашиха з Мелашкою, і за жінками пішли чоловіки. Мотря розперезалась і почала міряти город поясом: впоперек Лаврінова половина вийшла більша на два пояси.

– А що, чия правда?

– Як ти міряєш? Піддури кого дурнішого, а не мене, – крикнула Кайдашиха, – свою половину міря-

ла, то натягувала, аж пояс лущав, а Лаврінову поло-
вину міряла, то аж пояс брався. Геть, погана! Дай я
сама переміряю з Мелашкою.

Кайдашиха переміряла весь город упоперек, – і знов
обидві половини були однакові.

– А що, чия тепер правда! – говорила Кайдашиха. –
Ти міряєш собі, то натягуєш, а чужому міряєш, то стя-
гуєш. Ти б людей соромилась! Тобі тільки б сидіти з жи-
дівками в крамницях та обдурювати на аршині людей.

– Це якийсь жіночий сажень вигадала Мотря, що
стягується й розтягується, як кому треба, – сказав на-
смішкувато Лаврін.

– А отой ріжок, що в бузину ввігнався, яким саж-
нем будеш міряти? Не бійсь, мені не оддаси? – сказала
Мотря.

– То одкуси його зубами! А де ж його діть, коли він
вигнався на вулицю, – сказала Мелашка.

Мотря була сердита, що вийшло не так, як вона хо-
тіла. Вона причепилась до Лавріна за батьківську спад-
щину.

– Чом же ви не розділили пасіки? – сказала вона.–
Адже ж пасіка батькова! Гаращо все загарбали собі в
руки! На Лавріновій половині в садку більше двома
грушами і однією яблунею.

– А ти вже й полічила? – спитав Лаврін.

– Авжеж полічила, і своїм не поступлюсь. Садок не
твій, а батьківський, – сказала Мотря.

– То пересади на свою половину! – –крикнув Лаврін.

– Який їх чорт подужає пересадить! Пересадиш, то
підвередишся, – сказала Мотря.

– О, підвередишся. Мотре, коли Карпо не поможе, –
сказав, сміючись, Лаврін.

– Вже хоч і підвереджусь, чи ні, а таки свого. І докажу, – гукнула Мотря і вдарила кулаком об кулак, – ходім лиш зараз у волость, нехай нас волость розсудить, а не ти з свекрухою. Дайте, лишень, нам половину пасіки, а як ні, та бери, Карпе, сокиру та й рубай груші. Я вам свого не подарую, – кричала, аж сичала Мотря.

– Та подивись, лишень, на твоїй половині все старі груші, а на моїй – щепи! – сказав Лаврін.

– Мотря каже правду: ви нам дайте половину пасіки, половину овець та свиней, – сказав Карпо.

– Овва, який розумний! Забери ще половину котів та собак! – кричала Кайдашиха. – А батька хто лупив у труди? Лаврін хоч батька не бив.

– Не бив, тільки не слухав! – сказав спокійно Карпо.

– А ти забув, що я ще живу на світі? І я маю якесь право на батькове добро. Ти ладен, мабуть, мене живою в землю закопати! – говорила Кайдашиха. – Ти хочеш з своєю Мотрею мене, сироту, скривдить? Ні, Карпе, нехай нас громада розсудить!

– Як громада, то й громада! Ходім в волость, бо я своєю часткою не поступлюсь, – сказав Карпо.

Карпо з Лавріном та з Кайдашихою пішли в волость, а Мотря з Мелашкою зостались у дворі коло волості.

Волость присудила Лаврінові та матері батьківське добро, бо Карпо вже забрав свою частку ще за живоття батька. Як почула це Мотря, то трохи не скрутилась і наробила крику під волостю.

Од того часу між Кайдашенками й їх жінками не було миру й ладу. Карпо й Мотря посердились з Лавріном та з Кайдашихою і перестали заходить до їх у хату.

– А що, Мотре, виграла? Здобрій тим, що тобі волость присудила, – дражнилась стара Кайдашиха з Мотрею.

– Дражніть уже, дражніть, як ту собаку, – говорила Мотря і трохи не плакала от злості.

Обидві сім'ї насторочились одна проти другої, як два півні, ладні кинутись один на другого. Треба було однієї іскорки, щоб схопилась пожежа. Та іскорка незабаром впала поперек усього на сміття.

Раз уранці Мелашка вимела хату й половину сіней, обмела коло своєї призьби, змела до порога та й пішла в хату за рядюгою, щоб винести сміття на смітник. Саме тоді Мотря вибігла з сіней і вгляділа коло порога сміття. Сміття було підметене аж під Мотрину призьбу.

– Доки я буду терпіти од тієї іродової Мелашки! – крикнула Мотря на весь двір; вона вхопила деркача та й розкидала сміття попід Лавріновою призьбою.

Мелашка вийшла з хати з рядниною. Коли гляне вона, сміття розкидане геть попід її призьбою й по призьбі.

– Хто це порозкидав сміття? – спитала Мелашка в Мотрі.

– Я розкидала: не мети свого сміття під мою призьбу, бо я тебе ним колись нагодую, – сказала з злістю Мотря.

– А зась! Не діждеш ти мене сміттям годувати. Нагодуй свого Карпа, – сказала Мелашка і почала змітати сміття докупи до порога.

– Не мети до порога, бо мені треба через поріг ходити! – ляснула Мотря.

– Авжеж, велика пані. Покаляєш, княгине, золоті підківки, – сказала Мелашка.

– Не мети до порога, бо візьму тебе за шию, як кішку, та натовчу мордою в сміття, щоб удруге так не робила, – сказала Мотря.

Мотрині слова були дуже докірливі. Мелашка спалахнула од сорому.

– А, ти, паскудо! То ти смієш мені таке говорити? Хіба ти моя свекруха? Ти думаєш, що я тобі мовчатиму? – розкричалася Мелашка. – То ти мене вчиш, як малу дитину? Ось тобі, ось тобі!

І Мелашка підкидала сміття деркачем на Мотрину призьбу, на сіни, на вікна, аж шибки в вікнах дзвеніли, а що було мокре, те поприставало до стіни.

Мотря глянула й рота роззявила. Вона не сподівалась од Мелашки такої сміливості й спочатку не знала, що казати.

– То це ти так! То це та, що од свекрухи втікала?

– Ти мені не свекруха, а я тобі не невістка. Я од тебе не втікатиму і мовчать тобі не буду. Ось тобі на, ось тобі на!

Деркач свистів, як шуліка в повітрі, у Мелашчиних руках, а шибки аж дзенькали. Мотря кинулась до Мелашки та й почала видирати деркача з рук. Мелашка була слабкіша і випустила його з рук. Мотря замахнулась на неї деркачем. Карпо сидів у хаті, почув, що в вікна щось порощить. Йому здалось, що в вікна б'є град.

"Що це за диво! Небо ясне, а в вікна порощить град", – подумав він.

– Гвалт! Гвалт! – закричала Мелашка. – Якого ти дідька чіпляєшся до мене, сатано?!

З хати вибігла Кайдашиха просто од печі з кочергою в руках. Вона вгляділа, що Мотря підняла деркач угору і ладна вперещити Мелашку, і махнула на Мотрю кочергою. Мотря одскочила од призьби, кочерга потрапила в Мотрине вікно. Шибка дзенькнула, а дрібне скло посипалось на призьбу.

З хати вибіг Карпо, а за ним Лаврін. Три молодиці вчепились до кочерги та до деркача, кричали, тяглись, сіпали ті причандали на всі боки. Деркач розірвався. Нехворощ посипалась з деркача, неначе пір'я з гуски. Чоловіки розборонили жінок і розігнали їх.

– Одривай хату! Не буду я з вами жити через сіни, хоч би мала отут пропасти! – репетувала Мотря. – Бери, Карпе, сокиру, та зараз одривай хату, а як ти не хочеш, то я сама візьму сокиру та й заходжусь коло хати.

– Чи ви показились, чи знавісніли? – говорив Карпо. – Хто це розбив вікно?

– Твоя мати! Це вже пішлося наче з Петрового дня! Одна обпаскудила мені стіни, друга вікна побила. Ось тобі за те! Ось тобі! – крикнула Мотря й почала хапать рукою з калюжі грязь і кидати на Мелащину хату. Біла стіна стала ряба, неначе її обсіли жуки та гедзі.

– Бий тебе сила божа! Не кидай, бо я тобі голову провалю кочергою, – крикнула Кайдашиха й погналась за Мотрею. Мотря втекла за причілок, виглядала з-за вугла й репетувала та кляла Кайдашиху.

– Лавріне! Одривай їх хату. Про мене, нехай Мотря йде жити під три чорти або під греблю; я з нею зроду-віку не буду жить під однією покрівлею, – кричала Кайдашиха.

– Карпе! Одривай хату, бо я підпалю й їх, і себе та й на Сибір піду, – кричала Мотря.

– Лавріне! Одривай їх хату, бо я ладна й до сусід вибратись. Зараз піду в волость, та нехай громада зійдеться та розкидає їх хату, – кричала Кайдашиха.

З тими словами Кайдашиха накинула свиту та й побігла в волость позивати Мотрю та Карпа. Волосний покликав Карпа на суд. Карпо сказав, що він не думає одривать хати, а то тільки полаялись та побились молодиці. Волосний вигнав Кайдашиху з хати. Слідком за Кайдашихою прибігла в волость Мотря й почала розказувати, починаючи од сміття. Волосний слухав, слухав та й плюнув.

– Ідіть ви собі ік нечистій матері та, про мене, повибивайте й очі, не тільки вікна, – сказав волосний та й пішов у кімнату, ще й двері причинив.

Того ж таки вечора Кайдашиха повечеряла з дітьми і вже лагодилась лягать спати. Коли чує вона – на горищі закиркали в сідалі кури, закричали й кинулись з сідала.

– Ой, тхір на горищі! – сказала Кайдашиха.

– Може, злодюга лазить, – сказав Лаврін. Кайдашиха вхопила лампу і вискочила в сіни; за нею вискочили в сіни Лаврін та Мелашка.

В сінях було ясно. Хтось лазив на горищі з світлом.

– Хто там лазить? – гукнув Лаврін. З горища ніхто не обзивався, тільки одна курка киркала на все горло, неначе її хто душив. Лаврін вискочив на драбину й заглянув на горище. Там стояла Мотря з куркою в руках.

– Якого ти нечистого полохаєш наших курей! – крикнув Лаврін, стоячи на щаблі.

– Хіба ти не бачиш? Свою курку впіймала на вашому сідалі.

– Хіба ж ми просили твою курку на наше сідало? – гукнув Лаврін. – Чи шапку перед нею здіймали, чи що?

– Верни, лишень, мені яйця, бо моя чорна курка вже давно несеться на твоєму горищі.

Мотря лазила по горищі та збирала по гніздах яйця. Сполохані сліпі кури кидались по горищі, падали в сіни на світ.

– Ой боже мій! Це не Мотря, а бендерська чума. Вона мене з світу зжене! – говорила Кайдашиха. – Ще хату підпалить лампою. Покарав мене тобою господь, та вже й не знаю за що!

– Мабуть, за вашу добрість, – обізвалась Мотря з горища й спустила з горища на щабель здорову ногу з товстою литкою.

Одна курка впала з горища й погасила світло. В сінях стало поночі. Лаврін стояв, сп'явшись на драбину. Мотря штовхнула його п'ятою в зуби. Він сплюнув у сіни. Мотря штовхнула його по носі другою п'ятою. Гаряча литка посунулась по його лиці. Мотря ладна була сісти йому на голову.

– Куди ти сунешся на мою голову! – крикнув Лаврін і почав трясти драбину. – Не лізь, бо я тебе. сяка-така душе, скину з драбини!

Лаврін скочив у сіни і почав хитать драбину. Драбина стукала об стіну.

– Скинь її з драбини додолу, нехай собі голову скрутить, щоб знала, як лазити на наше горище, – кричала в темних сінях Кайдашиха.

Лаврін прийняв драбину. Мотря повисла на стіні. Половина Мотрі теліпалась на стіні, а друга половина вчепилась у бантину, як кішка, однією рукою та ліктем другої руки. Мотря держала в руці курку й не хотіла її пускати, а в пазусі у неї були яйця, дуже делікатний крам. Мотря боялась наробить в пазусі яєчні, держалась за бантину й ніяк не могла видертись назад на горище. Нижча половина тягла її вниз.

– Ой, лишечко, ой, упаду, ой-ой-ой, гвалт!.. – за-
репетувала Мотря не своїм голосом.

Од гвалту Карпо не всидів у хаті й вискочив у
сіни з світлом. Лаврін стояв серед сіней з драбиною.
Мотря теліпалась на стіні, неначе павук на павути-
ні.

– Драбиною її плечі, та добре! – кричала Кайда-
шиха. – Нехай не збирає яєць на нашому горищі!

Кайдашиха кинулась до драбини й була б справді
почастувала нижчу половину Мотрі драбиною, але
Карпо видрав драбину в Лавріна, пхнув матір так, що
вона трохи не перекинулась, і підставив драбину під
Мотрю. Вона злізла додолу з куркою в руках.

– Оддай мені яйця, злодійко! Нащо ти покрала
наші яйця? – репетувала Мелашка.

– Це моя курка нанесла, – говорила Мотря, втіка-
ючи в свою хату.

– А хіба ж твоя курка їх позначила, чи що? Як не
вернеш яєць, я піду в волость, – говорила Кайдашиха.

– Про мене, йдіть і за волость, – кричала Мотря
з своєї хати, витираючи ганчіркою яєчню в пазусі.

Мелашка засвітила світло, половила в сінях свої
кури й повикидала їх на горище. В обох хатах ще дов-
го було чути крик. Той крик стихав помаленьку, як
хвиля на воді після вітру, доки зовсім не затих.

– Одривай хату од цих злиднів! – говорила Мотря
в своїй хаті Карпові.

– Чи ти здуріла, чи що? Неначе хату одірвати так
легко, як шматок хліба одкраять? Ти не знаєш, що то
буде коштувать.

– Що б там не коштувало, одривай, а ні, я сама
одірву, – говорила Мотря.

– Ану, ну, спробуй! Оце вигадала таке, що й купи не держиться.

Одначе швидко після того Карпо побачив, що Мотря говорила таке, що держалось купи.

На другий день Кайдашиха прибралась і пішла до священика жалітись на Мотрю. Вана розказала все діло не так священикові, як матушці. Матушка дала бабиним онукам коржиків та бубликів, печених з сахаром. Кайдашиха принесла ті гостинці, роздала Мелащиним дітям. Мотрині діти почули носом гостинці й повибігали в сіни. Кайдашиха роздала й їм по бубликові.

– Не беріть од баби гостинця, бо вона злодійка, – крикнула Мотря з своєї хати.

Діти забрали гостинці та й давай махати рученятами на бабу та промовлять ті слова, що їм доводилось не раз чути од матері.

– Баба погана, баба злодійка! – лепетали діти.

– А гостинця взяли од баби, ще й бабу лаєте, – сказала Кайдашиха і заплакала.

Мотря вискочила з хати, поодиімала од дітей бублики та й кинула собакам.

– Чи ти людина, чи ти звірюка, – сказала Кайдашиха, втираючи сльози.

Того-таки дня Мотрин старший хлопець напився з Мелащиного кухля води коло Мелащиної діжки, бо в сінях стояло дві діжки з водою: Мотрина по один бік, Мелащина по другий. Малий хлопець, не розбираючи материного погляду на право власності, вхопив кухоль з тієї діжки, що стояла до його ближче, але якось не вдержав кухля в руках, упустив та й розбив.

Кайдашиха вискочила з хати і наробила галасу.

ІВАН НЕЧУЙ-ЛЕВИЦЬКИЙ

– Бач, іродова душе, вчила дітей мене лаяти, а твої діти мені шкоду роблять, – крикнула Кайдашиха до Мотрі в двері, – іди, лишень, сюди та подивись!

Мотря вибігла з хати й подивилась. Черепки лежали далі, а хлопець стояв, засунувши пальці в рот і схиливши винну голову.

Кайдашиха, недовго думавши, вхопила кухоль з Мотриної діжки та – хрьоп ним об землю.

– Оце чорт його й видав. Старе як мале! Зовсім баба з глузду з'їхала. Що вам дитина заподіяла? – крикнула Мотря.

– Твої діти такі змнюки, як і ти. Наплодила вовченят, то не пускай їх до моєї діжки.

– То сховайте свою діжку в пазуху, а кухля мені купіть, бо ви не дитина, – сказала Мотря.

– Овва! Гаращо розпустила своїх дітей, як зінських щенят. Не діждеш. – сказала Кайдашиха.

– Коли так, то й я вам оддячу! – сказала Мотря. При тих словам вона побігла в Лаврінову хату, вхопила з полиці горшка і хрьопнула ним об землю. Мелашка і Лаврін тільки рота пороззявляли. Мотря вибігла з хати. Мелашка за нею.

– Коли так, то й я зугарна до московської закуції, – закричала Кайдашиха і як несамовита вбігла в Мотрину хату, вхопила з припічка здорову макітру та – хрьоп нею об землю.

Карпо схопився з лави. Йому здалося, що мати збожеволіла.

– О, стонадцять чортів вам з Мелашкою разом! За таку макітру я знаю як вам оддячити! – закричала Мотря, бліда, як віск. Вона вскочила в Лаврінову хату, вхопила кочергу та й свиснула нею по купі горшків, що сохли на лаві. Горшки застогнали; черепки посипались додолу.

Кайдашиха, недовго думавши, вхопила кочергу, Мелашка вхопила рогача та в Мотрину хату! Кайдашиха лупила кочергою горшки на полиці, Мелашка частувала миски рогачем на миснику. Горшки сипались з полиці, як яблука з яблуні, неначе земля тряслася.

Кайдашенки так здивувались, що їм здалося, що молодиці зовсім показились. Лаврінові спала на ум думка, чи не покусала часом матері скажена собака. В Карпа була така сама думка. Йому здалось, що до Мотрі вже приступає. Але глянули вони, що з полиці сипляться горшки, а з мисника миски, та давай оборонять полицю та мисник. Карпо насилу поборов матір і одняв од неї кочергу. Лаврін висмикнув з Мелащиних рук рогача і спас живоття трьом полумискам.

Всі три молодиці насилу дихали. Вони разом верещали, гвалтували, лаялись. Клекіт у хаті був такий, що не можна було нічого розібрати.

– Ти – змія люта, а не свекруха! – кричала Мотря. – Буду я чортова дочка, коли не розіб'ю тобі кочергою голови.

– Хто? Ти? Мені? Своїй матері? – сичала Кайдашиха. – Карпе! ти чуєш, що твоя Мотрунька говорить на мене? То це ти таке говориш мені, своїй матері? Карпе, візьми вірьовку та повісь її зараз у сінях на бантині, бо як не повісиш, то я їй сама смерть заподію.

– Карпе, візьми налигача та прив'яжи на три дні свою матір серед вигону коло стовпа, мов скажену собаку, нехай на неї три дні собаки брешуть, нехай на неї три дні вся громада плює! Вона мене або отруїть, або зарубає, – верещала Мотря.

– Що ти кажеш? Щоб мене мій син, моя кров, та прив'язав налигачем серед вигону на сміх людям? – сичала Кайдашиха. – Ось я візьму мішка та напну тобі на голову мов скаженій собаці, бо ти нас усіх перекусаєш.

Кайдашиха витягла з-під лави порожнього мішка й кинулась до Мотрі.

Карпо тільки очі витріщив і не знав, кого слухать: чи вішати жінку, чи прив'язувати налигачем матір.

– Ти злодійка! Ти покрала в нас яйця! – кричала Кайдашиха й кинулась до Мотрі з мішком у руках.

– Брешеш, не докажеш! Ти сама злодюга, бо обкрадала мене, мою працю цілий рік. Я на тебе робила, як на пана панщину, – кричала Мотря.

– А чом же ти мене не кидала, коли тобі було в мене погано? – пищала Кайдашиха. – Чом тебе чорти не понесли на Бассарабію або за границю?

– Овва, через таке паскудство та оце тікала б за границю! Тікай сама хоч під шум, під греблю! – гвалтувала Мотря. – Ти злодюга, ти відьма!

– Хто? Я? Я відьма? Я злодюга? – сичала Кайдашиха. – Ось тобі на!

Кайдашиха тикнула Мотрі дулю й не потрапила в ніс, та в око. Мотря вхопила деркача і сунула держалном Кайдашисі просто межи очі.

– Ой лишечко! Виколола проклята змиюка мені око! – заплакала Кайдашиха і вхопилась за праве око.

В неї з ока потекла кров. Лаврін та Мелашка побачили кров і розлютувались. Вони кинулись обороняти матір. Лаврін пхнув Мотрю. Мотря дала сторчака на лаву. Карпо кинувся обороняти Мотрю і пхнув Лавріна. Лаврін ударився об мисник. Три полумиски, захищені Лавріном од наглої смерті, посипались йому на голову.

– Одривай, Карпе, хату, бо я тебе покину з твоєю проклятою матір'ю, з твоїм іродовим кодлом! – репетувала Мотря.

– У волость її, розбишаку! В тюрму її! Одривай, Лавріне, їх хату, бо я сама полізу та буду зривати кулики.

Лаврін і справді розлютувався. Він ухопив драбину, приставив до стріхи, вискочив на покрівлю й почав зривати кулики з Карпової хати. Кулики сипались на землю. На хаті заблищали кроки й лати, наче сухі ребра. Тим часом Кайдашиха зумисне розмазала кров по всьому виду, замазала в кров пазуху, повисмикувала з-під очіпка волосся та й побігла до священика, а потім у волость і наробила там гвалту.

– Ой боже мій! Дзвоніть в усі дзвони! Карпо з Мотрею вбили Лавріна, вбили Мелашку, вбили й мене! Рятуйте, хто в бога вірує! – кричала не своїм голосом Кайдашиха в волості. – Скликайте громаду та зараз, зараз!

Волосний і писар, побачивши покривавлену Кайдашиху, полякались і побігли до Кайдашенків.За ними бігла Кайдашиха та галасувала на все село. Волосний з писарем прибігла в двір і вгляділи живого Лавріна. котрий сидів на хаті та зривав кулики. З хати вибігла Мелашка, здорова й жива, а за нею Мотря.

– Рятуйте мене! – голосила Мотря. – Як мене знайдуть зарубану сокирою, то нехай уся громада знає, що мене зарубала свекруха! Рятуйте, хто в бога вірує!

– Чого це ти, навісна, кричиш? – спитав голова. – Адже ж ти жива.

– Рятуйте мене, вона мене вже вбила! – репетувала Кайдашиха.

– Чи ви показились, чи що? – сказав писар. – Бігає по двоpі й кричить, що її вже вбили. Що тут у вас скоїлось?

– Ось що скоїлось! – ткнула пальцем на око Кайдашиха.

– А ти що робиш ото на хаті? – гукнув голова до Лавріна. Зараз мені злазь та давай одвіт перед нами.

– Не злізу, доки не одірву Карпової хати, – говорив Лаврін і швиргонув куликом волосному на голову.

– Якого ти нечистого кидаєшся куликами? Зараз мені злазь, а то я полізу та сам тебе стягну, та всиплю тобі сотню різок, – кричав волосний.

Лаврін трохи прохолов, зірвавши півсотні куликів, і зліз додолу. Волосний з писарем пішли в хату: в Лавріновій і в Карповій хаті валялись купами черепки.

З хати повибігали діти, вгляділи страшне закривавлене бабине лице й підняли гвалт. Собаки гавкали на писаря та на голову, аж скиглили. З села почали збігатись люди. Волосний з писарем та з кількома громадянами повели в волость Кайдашенків, їх жінок та Кайдашиху. Вони насилу розплутали їх справу і присудили Карпові одірвати хату й поставити окроми на своєму городі, бо Лаврін, як менший син, мав право зостаться в батьковій хаті і за те був повинен додержать матір до смерті. Громада присудила розділити грунт між Кайдашенками пополовині.

Волосний таки посадив Мотрю за бабине око в холодну на два дні.

Після такої колотнечі стара Кайдашиха заслабла. В неї нагнало око, як куряче яйце. Око стухло, але од того часу вона осліпла на праве око.

– Господи! Од чого це в нас почалася колотнеча в сім'ї? – казала Кайдашиха. – Це воно не дурно: це, мабуть, майстри закладали хату не на смерть, а на колотнечу.

Кайдашиха надумалась піти до священика й просити його, щоб він освятив хати. Не сказавши нічого Лаврінові й Карпові, щоб вони часом тому не спротивились, Кайдашиха побігла до священика й попросила його освятить хати.

Наступав храм в семигорській церкві, і молодиці на селі почали мазати хати. Мотря якраз того дня полізла в піч, щоб її вимазать.

Кайдашиха прийшла додому з священиком, з ними прийшов і дяк з паламарем.

Священик покропив свяченою водою хату й сіни. Кайдашиха просила його посвятить і Карпову хату: їй усе-таки шкода було сина.

Кайдашиха одчинила двері в Карпову хату, а там з припічка теліпались ноги п'ятами догори, пальцями вниз. Товсті литки стриміли, наче дві деревини. В печі лежала Мотря.

Священик покропив Карпову хату.

– Нащо ви, мамо, святите мою хату? Хіба я вас просив, чи що? – сказав матері Карпо.

– На те, щоб твоя жінка не била горшків та не вибивала очей, – сказала Кайдашиха. – Нашу хату майстри закладали на твою Мотрю.

– То святіть, мамо, перше себе, бо й ви не безвинні: набили горшків удвох з Мелашкою більше од Мотрі, – сказав Карпо.

– Не жартуй, сину! Ти ще молодий. Пам'ятай: у тебе діти, в тебе худоба.Гляди, лишень...

– Та вже святіть не святіть мою хату, а я її одірву та й не буду закладать на колотнечу, – сказав Карпо і зраз заходився одривати хату та ставить на своєму грунті.

Двір був невеликий, а як його розділити, то очевидячки обидві половини стали ще менші. Стара хата стояла на вулицю боком, бо хати в селах ставлять вікнами і дверима на південь, а південь припадав не на вулицю. Карпо поставив свою хату недалечко од Лаврінової. Вона стояла до Лаврінових дверей задвірком.

Мотря намагалась, щоб Карпо загородив такий тин, щоб і птиця через його не перелітала. Карпо мусив перегородить і двір, і город.

– Отак би ти, Карпе, давно зробив, то були б і горшки цілі, і в твоєї матері очі не повилазили б, – говорила Мотря.

Перебули Кайдашенки зиму на опрічних дворах, і дві сім'ї почали потроху миритись. Спершу почали забігати з однієї хати в другу діти. Їм байдуже було про батьківську колотнечу. За дітьми почали забігать один до другого батьки для своєї господарської справи: то за стругом, то за свердлом, то за сокирою, – спершу в повітки, а потім і в хати, а вже за ними почали любенько через тин розмовляти й жінки. Тільки Кайдашиха не ходила до Мотрі: сліпе око навіки загородило їй стежку до неї. На Кайдашевій давній оселі повіяло миром. Щоб не бігати кругом через ворота, Карпо й Лаврін зробили в дворі через тин перелаз.

Мир між братами поміцнішав ще більше задля господарської справи, задля спільної вигоди.

Карпо, одрізнившись, од батька, спочатку таки набрався багато лиха, поки зібрався на своє хазяйство. Він був чоловік гордий, упертий, не любив нікому кланятись, навіть рідному батькові. В його була тільки пара волів, і як йому треба було спрягаться під плуг, він ніколи не просив волів у батька, а напитував супряжичів між чужими людьми. В Лавріна зосталась пара батькових волів. Карпо спрягався з Лавріном, і вони вдвох у супрязі орали попереду Карпове поле, а потім Лавринове. Карпо ходив за плугом, а Лаврін був за погонича. Спільна вигода присилувала їх помагати один одному в оранці, і в сівбі, і в заволікуванні, і в возовиці.

Саме тоді пішла залізна дорога з Києва недалечко од Семигор. Селяни почали держати коні і ставали під хуру возить на залізну дорогу сахар з ближчих сахарень, борошно з панських та єврейських млинів. Карпо й Лаврін купили й собі по коняці. А так як на одному коні далеко не заїдеш і багато не завезш, то вони спрягались кіньми під одну хуру й ділились заробітками пополовині.

Податі були великі, плата за землю була чимала; і Карпо й Лаарін побачили, що поле не настачить їм грошей на податі, і мусили шукати заробітків в осінній та зимній безробітний час.

Громада в волості обібрала Карпа за десяцького.

— Карпо чоловік гордий та жорстокий, з його буде добрий сіпака, може, його боятимуться хоч баби та молодиці, — говорила громада.

— А може, панове громадо, ми оберемо за десяцького Мотрю, — прикинув слівце один жартівливий чоловік. — Не можна, вона повибиває всім бабам очі, — гукнули чоловіки, сміючись.

Прийшов приказ з волості рівняти шляхи, лагодить мости та насипать на багнах греблі. Карпо загадував людям на роботу і попереду усього звелів скопать той капосний горбик на горі, вище од свого городу, на котрому його батько поламав десятків зо два возів.

– Ану, Лавріне, бери заступа та йди на роботу, – загадував Карпо братові.

– Піди вижени на роботу свою Мотрю, – промовила стара Кайдашиха.

– І Мотрю вижену. Ви думаєте, що пожалію? – говорив Карпо.

Він і справді мусив вислати на роботу й свою Мотрю. Люди прокопали спуск навкоси, так як колись радив старий покійний Кайдаш, ще й горбик молодиці знесли в приполах під Карпів тин.

Минуло чимало років після панщини. Громада трохи заворушилась і почала встоювать за свою вигоду, за своє громадське право.

Тим часом громада почала діло з жидом. Один багатий жид з містечка заплатив панові добрі гроші й купив собі право поставить в селі на панській землі шинки. Він заквітчав своїми шинками село з чотирьох боків і пустив горілку по дешевшій ціні, ніж в громадському шинку. Люди кинулись за горілкою до жидівських шинків. Громадський шинок стояв порожній, в його ніхто й не заглядав.

Волосний зібрав громаду. Кайдашенки почали кричати в громаді.

– Панове громадо! – говорив Карпо. – Нехай ніхто з села не купує горілки в жидівських шинках. Посадім коло шинків десяцьких та соцьких, нехай дрючками оганяють людей.

– Я сам сяду з дрюком і буду оганяти хоч би й свою рідню! – гукнув Лаврін. – Нехай жиди посидять дурно ціле літо над своїми барилами. Посидять та й підуть.

– Добре Кайдашенки радять! – загула громада. – Посадім людей та й не пускаймо нікого в жидівські шинки.

Громада порадилась і розійшлась.

Жид побачив, що непереливки, взяв відро горілки, одніс волосному; друге одніс писареві, зібрав до себе в шинк десять чоловіків таких, що заправляли громадою, і поставив їм ціле відро горілки.

– Чого нам змагаться, – говорив хитрий жид, – нащо вам мене кривдить. Буду я заробляти, будете й ви. Я поставлю ціну в своїх шинках таку, як у вашому, ще й зараз заплачу в волость сорок карбованців одчіпного.

– Чи вже заплатиш? – гукнули чоловіки.

– Ой-ой, чом і не заплатить для добрих людей; ви думаєте, що я жид, то в мене й душі нема? Я ладен і на церкву дати. Ет, та що й говорити! От вам хрест, коли не ймете віри.

І жид перехрестився зовсім по-християнськи. – Чи ти ба! Жид хреститься! – гомоніли люди.

– Ви думаєте, що я не поважаю вашої віри? Та я ладен жити з вами, як з братами, – підлещувався жид. – От вам ще відро горілки! Суро! А винеси гостям оселедців та паляниць! – гукнув жид до жидівки.

Сура зітхнула на всю кімнату, так їй було шкода оселедців, але вона винесла й поклала перед людьми на столі.

– Їжте, люди добрі! Ви думаєте, що я шкодую для вас? – говорила Сура. – Ой вей мір, ой-ой! – прикинула вона вже тихенько, виходячи з хати.

Люди пили, закусували та слухали Берка, а Берко неначе грав їм на цимбалах своїми облесливими словами.

Давні панщанники понаставляли вуха та слухали Берка. Його слова, підсолоджені горілкою та приправлені оселедцями, так і влазили в їх душі. Вони не знали, що жид вибере ті сорок карбованців і за оселедці, і за ту горілку, що вони в його дурнички п'ють, з їх-таки кишень – то недоливками, то водою, підлитою в горілку, то більшою платою.

Люди розтали, як віск, і почали хвалити жида. Декотрі вже були зовсім п'яненькі.

– Так що ж, панове, та ще й які панове! Що тепер пан перед вами! Ви, Грицьку, тепер пан! От хто пан! Що схочете в волості, те й зробите! Ви, Петре, тепер господар на все село, ніби князь! Тепер ви пани, а пани вже перевелись на Іцькову сучку, – підлещувався Берко до мужиків. – Та що ж, панове, чи згодитесь громадою оддати мені й свій шинк, і будете пускати людей в мої шинки? Я подарую сорок карбованців на волость, а за ваш шинк зараз покладу гроші на стіл!

– А добрий жиді – гукнув один п'яненький мужик. – Ще й гроші зараз дає. Будемо стояти на сході за його!

Авжеж будемо, бо ще й на церкву покладе!

Саме в той час Карпо Кайдаженко їхав з ярмарку, вглядів коло панського шинку купу людей та й став. Берко знав, що Карпо горілки не любить і на сході йде все проти його. Він сховався в кімнату.

– Здоров, був, Карпе! – гукнув Грицько і почав обнімать та цілувать Карпа. Гостра неголена Грицькова борода колола Карпове лице, неначе голками.

– Та здоров був... – говорив Карпо, одвертаючи лице. – Та годі вже!

– Здоров був, соколе! Та зайди-бо а шинк та випий хоч чарочку з нами! – молов Грицько і знов ухопив Карпа руками за шию і цмокнув його в щоку.

Грицькова борода подряпала Карпові щоку, аж кров виступила.

– Та одчепись ік нечистій матері. Оце припало тобі цілуватись! Аж кров виступила на щоці!

– Серце! Голубчику! Чи вже ти оце не вип'єш з нами хоч по одній чарці, хоч півчарки! Та тут же такий добрий жид! А! Що вже й казати!

Грицько розвів знов руки і наставив губи.

– Та одчепись собі! Піди, обніми та поцілуй мою коняку, коли вже припала охота цілуваться, – говорив Карпо. – А нащо це ви горілку п'єте в жидівському шинку? – спитав Карпо.

– Та бодай не казати… сказав Грицько, – тут такий добрий жид, такий добрий, чорт його знає, де він такий добрий взявся. Благодареніє богу і всім святим, він і на церкву дасть! Ото кумедія!

– А ви забули, що самі на громаді постановили?

– Серце, голубчику, білий лебедику! – говорив п'яний Грицько, тикнувши колючою бородою Карпові в ніс. – Та не цурайся-бо нашого хліба-солі.

Карпо бачив, що з п'яним розмовлять – тільки гаяти час, вдарив коняку батогом. Віз покотився.

– Карне! Карпе! Та зайди-бо та хоч по крапельці, хоч півкрапельки! – гукав ззаду Грицько й біг за возом.

На другий день зібралась громада. Прийшов Карпо і вдивився.

Громада співала вже іншої; волосний та писар тягли за громадою і кричали, щоб оддати Беркові й громадський шинк, не тільки що пускать людей по горілку і в жидівські шинки… бо Берко зараз платить гроші…

– Панове громадо! Погана ваша рада; я не пристаю на це! – сказав понуро Карпо й одійшов од громади набік.

Громада оддала Беркові громадський шинк, хоч Берко на церкву грошей та дав, а тільки дурив п'яних мужиків.

Громада дорого потім заплатила хитрому жидові...

Берко приймав за горілку не тільки пашню, але навіть крадене сіно й солому. Понесли люди мішками пашню в Беркову комору, а Берко тільки гладив бороду білою рукою, дивився, як п'яні мужики валялись під його шинком, та зараз-таки підняв скажену ціну на горілку в усіх шинках.

IX

Цілу зиму й весну Кайдашенки прожили в ладу. Кайдашиха, котру тепер на селі дражнили безокою економшею, сердилась на Мотрю, але невістки на те не вважали і жили між собою в згоді. Лаврін любив Мелашку: ніколи її не то що не бив, і пальцем не зачепив, навіть ніколи не лаявся з нею. Мотря часто гризла голову Карпові, але він не любив говорити і більше мовчав.

Але настала весна. Хати Кайдашенків стояли дуже близько одна коло одної, а їх городи були перегороджені тільки поганеньким тином.

Мелашка посадила огірки коло самого тину. Огірки зійшли, як зелене руно. Показались ранні огірочки. Мотрин півень перескочив через тин та давай вибирати Мелашчині огірки. Півень сокотав та скликав курей. Всі Мотрині кури перелетіли через тин в огірки. За курами полізли крізь тин курчата. Квочка вигребла яму саме серед огудиння.

Стара Кайдашиха вийшла на город, угляділа таку шкоду та аж за голову вхопилась. Вона налапала під ногами палицю та й поперла нею на курей. Палиця влучила в півня; півень кирнув і потяг через тин перебиту ногу. Двоє курчат лягло на місці.

Мотря вибігла і вгляділа свого півня. Півень тяг ногу по землі.

– Чи це ви, мамо, перебили моєму півневі ногу? – гукнула Мотря через тин до Кайдашихи.

– А то ж хто? А як ще раз твої кури підуть на наші огірки, то я їх поріжу та поїм.

– То й заплатите! Хіба в нас волості нема, – говорила Мотря. – Не було, пак, вам на городі місця для огірків: насадили під самим перелазом. Карпе, чи ти бачиш, що то таке?

– А що? Півень ногу волочить, – спокійно обізвався Карпо.

– Карпе! Піди до матері та скажи їй, нехай вона другий раз не б'є моїх курей, – чіплялась Мотря.

– Гм? – мукнув Карпо, стоячи коло хати.

– Карпе! Чи ти чуєш, чи тобі позакладало? – кричала Мотря.

Карпо стояв і дивився на півня.

– Карпе! Чи ти глухий, чи ти хочеш мене з світу зогнати? Піди та вилай свою матір.

– Іди та й лайся, про мене, хоч до самого вечора, – сказав дуже спокійно Карпо.

– Так, їй-богу, так. Оце добре! Мати вбила двоє курчат, перебила півневі ногу..

– Підсипай, підсипай перцю, – насмішкувато сказав Карпо.

– Біжи! Нехай Лаврін заплатить за півня! – крикнула Мотря під самим вухом у Карпа.

– Ану голосніше, бо не чую! Підкидай солі до перцю, бо вже давно їли з перцем.

– Піди посип перцем своїй матері в носі та в роті, – верещала Мотря.

– Та й бриклива ж ти, Мотре, хоч я тебе колись любив за той перець. Вже дуже наперчила!

– Бий тебе сила божа, ледащо! – крикнула Мотря, кидаючись до Карпа.

– Одчепись, бо як пхну, то й перекинешся! – промовив спокійно Карпо, скоса подивившись на Мотрю й насупивши брови.

Мотря оступилась.

Саме того вечора Лаврінів кабанчик просунув рилом тин та й побіг у Мотрину картоплю. Як угледіла Мотря, як ухопить хворостину, як впереще кабанчика по спині! Кабанчик закувікав та й потяг по землі зад з двома ногами. Мотря вхопила його за ноги та й перекинула в Лаврінів двір. Стара Кайдашиха вибігла з хати, вгляділа кабанчика й наробила галасу на ввесь двір.

– А це хто перебив спину нашому кабанцеві?

– Я перебила! – гукнула Мотря з-за угла своєї хати. – Нехай не лазить в мій огород. Оце вам за мого півня.

Мотря стояла за своєю хатою і виглядала зумисне Кайдашиху. Вона гукнула до Кайдашихи одривчасто, крутнулась і побігла в хату.

– Лавріне! Мелашко! Вся чесна громадо! Збігайтеся сюди! Чи ви бачите, що наробила наша Мотруня?

Лаврін і Мелашка вибігли з хати і дивились на бідного кабанця. Їх узяв жаль та досада.

– Це вже Мотря і справді не знати що виробляє, – сказав Лаврін на вітер.

Мотря стояла за вуглом і тільки того й ждала. Вона вискочила з-за вугла як козак з маку.

– Ось і я! Чую, чую, як мене клянете! Оце вам за мого півня! Оце вам за мої курчата, що свекруха побила. Тепер позивайте мене!

Мотря вдарила кулаком об кулак, нахилившись через тин, як можна далі в Лаврінів двір, неначе хотіла достати кулаками до Кайдашихи; потім крутнулась і швидко щезла за вуглом, неначе на повітрі розлетілась.

– Постривай же ти, суко! Скручу я голову твоєму півневі, – сказала Кайдашиха.

Кайдашиха взяла кужіль, сіла прясти за хатою та все поглядала на огірки. Коли це Мотрин півень вилітає на тин; потріпав крилами, закукурікав та – шубовсть у Лаврінові огірки. Кайдашиха схопилась з місця та давай закрадаться до півня з кужелем. А півень клює огірки та тільки: со-ко-ко-ко! неначе дражниться з баби. Баба як поперла кужелем та лусь його по голові! Півень закрутився на одному місці. Кайдашиха вхопила його, скрутила йому в’язи, потім дорізала, опарила, обскубла та й укинула в борщ.

Але в той час прийшли Мотрині діти до Мелашчиних дітей гулять. Старший хлопець і вглядів півнячу перебиту ногу, що стриміла з горшка. Він зараз чкурнув до матері та й розказав.

Мигря вбігла в Лаврінову хату, заглянула в піч, не сказавши добридень. Ой таточку! Ой лишечко! З горшка й справді стриміла здорова перебита півняча нога з товстою гулею посередині і з одним одрубаним кігтем. Не сказавши нікому й слова, Мотря вхопила півня за ногу, витягла з борщу та й дала драла з хати.

– Ой бабо! – крикнула одна дитина до старої Кайдашихи. – Побіг півень з горшка, тільки патьоки по припічку потекли.

Баба мовчала, надувши щоки. Меланці стало ніяково. Лаврін осміхнувся.

Мотря вбігла в свою хату з півнем у руках та сунулась до Карпа.

– Чи ти ба, що твоя мати виробляє! Ото тобі перець з сіллю. Піди насип своїй матері повний рот перцю, ще й сліпе око потруси. Вона зовсім сказилась і без перцю. Адже ж це наш півень? – сказала Мотря, показуючи Карпові перебиту ногу.

– Наш. Навіщо ж ти зарізала?

– Мати твоя скрутила йому голову, ще й у свій борщ укинула. Піди та виколи своїй матері друге око! Який ти господарі Чом ти їй нічого не кажеш? Та твоя мати відьма; та вона незабаром поріже та повкидає в борщ моїх дітей. Піда та хоч обскуби їй коси.

Карпові шкода було півня. Він розсердився на матір за такі збитки і мусив іти лаятись з матір'ю та Лаврі-ном.

Вій вернувся додому, а тим часом Мотря звеліла своїм дітям упіймать Мелашчиного чорного півня та принести до хати. Хлопцям тільки того було і треба. Вони покатали на Лаврінів город, впіймали чорного півня й принесли матері. Мотря вкинула його в кучу.

Тим часом поганенький тинок між двома городами зовсім осунувся. Рову не було, і через тин почали скакати свині. На другий день у Карпів город ускочив Лаврінів рябий кабан і порався в картоплі.

Мотря вгляділа кабана і наробила гвалту. Вона вхопила рогача, діти забрали кочерги і гуртом кинулись за кабаном. За дітьми побігли собаки. Мотря з дітьми загнала кабана в свій хлів та й зачинила.

Лаврін почав кричать через тин, щоб Карпо випустив кабана.

– Авжеж! Кабан твій в займанні. Викупи, то й візьмеш, – гукнула Мотря через тин, – а як не викупиш, то верни мені півмішка картоплі.

Лаврін почухав потилицю та й пішов у хату. Кайдашиха тільки губи з ціпила.

Того ж таки дня Карпа й Мотрю покликав їх кум у шинок полоскати повивач після похрестин. На Карповому дворі діти одв'язали коняку і почали їздити верхом по дворі. Коняка зірнула з гнуздечки, на радощах хвицнула задніми ногами та й скочила через тин у Лаврінів город. Поганенький тинок звився, як полотно, під кінськими копитами і поліг на городину. Коняка пішла пастись на Лаврінові буряки.

Лавріновій діти прибігли в хату і дали знати бабі та батькові. Всі повибігали з хати, побрали дрючки та давай ганяться за конякою. Мелашка й Кайдашиха взяли її за гриву з двох боків, завели в хлів та й заперли.

Карпові діти бачили все те з двору. Вони зараз побігли в шинок і розказали, що їх коняка в займанні у баби, зачинена в хліві.

Карпо й Мотря вже трохи були напідпитку й побігли додому.

– Як! Чи то можна! За свого паршивого кабана вони сміли взяти нашого коня? – кричала дорогою Мотря.

– Я їм покажу, що мій кінь не те, що їх півень, – говорив сердитий Карпо.

Карпо з Мотрею прибігли додому. Стара Кайдашиха вешталась коло хати без діла: вона ждала Мотрі. В неї аж губи трусились до лайки, та не було з ким лаяться. Вона вгляділа Мотрю й затрусилась.

– А нащо ви, мамо, зайняли нашу коняку? – гукнула Мотря до Кайдашихи.

– Оце б тягла твою дурну коняку через тин. На те зайняла, щоб вона в наш город не скакала, – обізвалась Кайдашиха.

Не чорна хмара з синього моря наступала, то виступала Мотря з Карпом з-за своєї хати до тину. Не сиза хмара над дібровою вставала, то наближалася до тину стара видроока Кайдашиха, а за нею вибігла а хати Мелашка з Лавріном, а за ними повибігали всі діти. Дві сім'ї, як дві чорні хмарі, наближались одна до другої, сумно й понуро. Мортя стояла коло тину висока та здорова, така заввишки, як Карпо, з широким лобом, з загостреним лицем, з блискучими, як жар, чорними маленькими очима. Вона була в одній сорочці і в вузькій запасці. Хазяйновита, але скупа, вона втинала одежу, як тільки можна було обтяти. Вузька запаска влипла кругом її стану. В великій, як макітра, хустці на голові Мотря була схожа на довгу швайку з здоровою булавою. За Мотрею стояв Карпо у вузькій сорочці з короткими та вузькими рукавами, в широких білих штанях з товстого полотна. Позад їх стояла купа Карпових дітей у вузьких штанцях, у сороченятах з короткими рукавами, в спідничках вище колін.

По другий бік тину стояла баба Кайдашиха, висока та суха, неначе циганська голка, в запасці, в рясній білій, як сніг, сорочці, в здоровій хустці на голові. Сліпе око біліло ніби наскрізь, як вушко в голці, хоч туди нитку затягай. За бабою стояла Мелашка в білій сорочці, в червоній новій хустці, з зеленими та синіми квітками, в зеленій ситцевій рясній спідниці. Рядом з Мелашкою стояв Лаврін у широких рясних синіх з білими смугами штанях, у чоботях. Мелашка розцвіла і стала повніша на виду. Її очі, її тонкі брови блищали на сонці, а лице горіло рум'янцем од висків до самого підборіддя. Гаряче сонце лляло світ на двір, на людей, обливало їх од голови до ніг. Чорна здорова хустка чорніла на бабі Кайдашисі, неначе горщик, надітий на високий кілок.

Мелашка сяла, як кущ калини, посаджений серед двору. А сонячне марево заливало всіх, дрижало, переливалося між жіночими та дитячими головами, неначе якась золота вода крутилась поміж людьми, неначе якась основа з тонких золотих ниточок снувалась по двору кругом людей, кругом хат, навкруги садка. Собаки стояли коло хат і крутили хвостами, дивлячись на людей, їм здавалося, що їх от-от покличуть і нацькують ними когось.

– Нащо ви одв'язали нашого коня та заперли в свій хлів? – крикнула Мотря. – Не святі ж прийшли з неба та одв'язали його!

– Одчепись, сатано! Хто його одв'язував? То твої діти їздили по дворі та й упустили його, – крикнула Кайдашиха.

– То, мамо, баба одв'язали коня та й пустили по дворі! – брехали Мотрині діти з-за угла.

– Ні, не баба! То Василь одв'язав та їздив, доки не впустив коня, а кінь як задер задні ноги та плиг у наш город! – кричав Лаврінів хлопець.

– Он глянь, суко, на тин! Це твій кінь звалив. Заплати три карбованці та оддай нашого кабана, тоді візьмеш свого коня. – кричала баба Кайдашиха.

– Як то? За свого невірного гнилого кабана та ви взяли нашого коня! – репетувала Мотря, піднявши лице вгору.

– То ваш кінь гнилий та червивий, а не наш кабан, – кричала Мелашка з-за бабиних плечей.

– Ще й та обзивається! Мовчала б уже та не гавкала, – кричала Мотря до Мелашки.

– Принеси лишень три карбованці, а ні, піду в волость тебе позивати, –– обізвалась Мелашка.

– Ще й вона піде в волость! Втри передніше віскривого носа та тоді підеш у волость, – кричала Мотря.

– Не лайся, бо я тобі в вічі плюну, – говорила баба Кайдашиха.

Молодиці підняли гвалт на все село. Їх лайка дзвеніла, як дзвони на дзвіниці, по всьому яру, доходила до діброви. Люди з кутка позбігались і дивились в ворота й через тин. Декотрі сусіди почали вмикуватися, хотіли їх мирити і вговорювали Мотрю.

– Та це ж ті каторжні Балаші! Хіба ж ви їх не знаєте? – кричала Мотря до людей.

– Та це ж ті іродові Довбиші! Хіба ж ви їх не знаєте? – репетувала баба Кайдашиха. – Це ж вона того вовчого заводу з чортячими хвостами.

– Та годі вам лаятись! – гукнув з-за тину один чоловік.

– Як же годі! Та це ж ті підтикані, задрипані Балаші! Хіба ж ви їх не знаєте? Це ж ті біївські лобурі, що старців по ярмарках водять! – кричала Мотря. – Он зав'язалась, як на Великдень, а батько ходить по селі з торбами.

– Брешеш, брешеш, як стара собака! Та й брехати добре не вмієш! У тебе й до того розуму та хисту нема, – кричала Мелашка.

– В тебе вже розуму, як у дірявому горшку; стільки, як у твоєї свекрухи! – кричала Мотря, взявшись за два кілки і висунувшись у Лаврінів двір.

– Що я тобі винна, що ти мене потріпуєш? – крикнула Кайдашиха і кинулась до тину так швидко, що Мотря покинула кілки і оступилась од тину.

– Оддайте мені коня! – крикнув Карпо після всього, – бо як не оддасте, то я й сам візьму!

– Ба не візьмеш! Оддай перше кабана та ще й доплати, – обізвався Лаврін.

– А завіщо я буду тобі платить? Твої свині скакають у мій город, а моя коняка вскочила в твій! Оддай коня, бо піду з дрючком одпирати хлів, – гукнув Карпо.

– Ба не оддам! Про мене, йди в волость позивати, – кричав Лаврін.

Карпо стояв блідий, як смерть. В його голові трохи шуміла горілка. Він вхопив дрючка, скочив через тин і кинувся до хліва. З хліва в дірку, вище од дверей, виглядала смирна коняка з добрими очима. Всі в дворі стояли та мовчки дивились на Карпа; всі боялись його зачіпати, бо знали, що він не спустить, як розлютується. Одна баба Кайдашиха кинулась до хліва й заступила двері.

Карпо вхопив матір за плечі, придушив з усієї сили до хліва і крикнув як несамовитий:

– Нате, їжте мене, або я вас з'їм!

Карпо затрусив матір'ю так, що легенький хлів увесь затрусився. Баба заголосила, випручалась та навтьоки з двору. Карпо погнався за нею з дрючком. Але стара була прудка і так покатала з двору, як мала дівчина. Важкий Карпо в здорових чоботах ніяк не міг догнать матері.

– По спині лупи її! Виколи дрючком їй друге око! – кричала з двору Мотря.

Лаврін з Мелашкою побіг слідком за Карпом оборонять матір.

Кайдашиха побігла з гори і добігла до ставка. Карпо наздогнав її. Вона вже чула над головою дрючка і з переляку вскочила у ставок, не піднявши подола. Карпо добіг до води та й спинивсь.

– Не так шкода мені матері, як шкода чобіт! – гукнув він на березі.

– Гвалт! Рятуйте, хто в бога Вірує! Ой, утопить мене, – кричала баба, стоячи по коліна в воді.

– Та не втопишся, бабо, бо навіть і серед ставка старій жабі по коліна, – сказав один чоловік, що напував воли.

Карпо плюнув у воду, вернувся додому та й пішов у клуню спати. Кайдашиха вилізла з води мокра до самого пояса і заляпана по саму шию та й побігла просто до священика. Вона йшла через село й голосила та жалілась людям на сина, на Мотрю.

Лаврін, Мелашка, їх діти і юрба людей – всі йшли слідком за бабою через село.Кайдашиха прийшла до священика і почала плакати та жаліться на Карпа і на Мотрю.

– Батюшко! Зосталась я сиротою, і нема кому за мене оступитись. Мотря вибила мені око, а Карпо трохи мене сьогодні не втопив.

Священик одіслав Кайдашиху в волость. Вона пішла в волость. Слідком за нею йшли люди й діти. У волості присудили або дати Крпові десять різок, або заплатить матері п'ять карбованців, як тільки Карпо не перепросить матері і не помириться з нею.

Карпо надвечір проспався. Його покликали в волость і, хоч він був десяцьким, хотіли його простягти і всипать десять різок.

Карпові стало сором. Він не робив панщини, і його пани не били. Він перепросив матір, і між двома Кайдашенками знов настав мир. Щоб свині не скакали через тин, вони восени перекопали батьківський город ровом, ще й дерезою обсадили,

Знов почалася згода між Кайдашенками. Малі діти знов перими почали прибігать одні до одних гуляти; за ними почали заходить один до другого брати, а після всіх пересердились їх жінки, хоч од їх перших все лихо починалось. Брати зовсім помирились, і Лаврін держав до хреста Карпову дитину.

Минула зима. Знов настало літо. Золоте літо несло за собою нелад між Кайдашенками. Той нелад знову почався за грушу.

Як громада ділила між братами двір старого Кайдаша, до Карпової половини одійшла груша. Тин пройшов на аршин поза грушею. Та груша була Лаврінова. Ще хлопцем Лаврін прищепив своїми руками щепу на старому пні. Груша погналася вгору, як верба. Батько подарував Лавріну ту грушу на багату кутю тоді, як Лаврін чхнув за вечерою. В сім'ї всі звали ту грушу Лавріновою. За це знали всі на кутку.

Груша росла широко й високо і довго не родила. Сам Лаврін натякав Карпові не раз і не два, що в Карпів двір одійшла його груша. Але доки груша не родила, доти й лиха не було.

На біду того літа груша вродила, та ще й дуже рясно. Груші були здорові, як кулаки, та солодкі, як мед. Таких груш не було в цілому селі. Груш уродило так рясно, що гілля аж гнулось додолу.

Лавріновні діти довідались, що та груша не дядькова. Хоч стоїть у дядьковому городі, а батькова. Стара бабуся їм докладно за все розказала й намовила їх полізти через тин та нарвать груш.

Діти тільки того й ждали. Хлопці полізли на грушу та й давай трусить, а дівчата збирали в пазухи. Коли тут з хати вискочила тітка Мотря.

– А нащо це ви рвете наші груші! – крикнула Мотря на небожів та небог.

– Еге! Це не ваші груші. Бабуся сказали, що це груша батькова, а не дядькова, – говорили діти та все збирали груші.

– Ось я вам дам груші! Зараз повикидайте мені груші з пазух, бо я нарву кропиви, та позадираю вам спіднички, та дам таких груш, що ви не потрапите, кудою втікати.

Мотря кинулась до кропиви. Діти підняли гвалт і кинулись на тин, як котенята. На їх крик вибігла з хати Мелашка.

– А навіщо оце ти, Мотре, б'єш моїх дітей? – спитала в Мотрі Мелашка.

– За те, щоб не крали моїх груш, – обізвалась з-за тину Мотря.

– А хіба ж це твої груші? Це наша груша; хіба ж ти не знаєш, чи що?– говорила Мелашка.

– Ще що вигадай! На нашому городі та виросла ваша груша! Це, мабуть, свекрушище тобі наговорила на вербі груші, а на осиці кислиці, – говорила Мотря.

З хати вийшов Лаврін і почав оступаться за дітей. Він кричав до Мотрі, що то груша його, що про те знає все село, що його діти мають право рвати груші, коли схотять. Кайдашиха вискочила й собі з хати й вже лаяла Мотрю на всю пельку.

– Ідіть, діти, та рвіть груші сміливо! Це ваша груша, – говорила до дітей Кайдашиха.

– Нехай тільки влізуть у мій город вдруге, то я їм ломакою ноги поперебиваю! – кричала Мотря.

А груші висіли, як горнята, та жовті, як віск! Лаврінові діти дали б їм гарту, хоч би вони зовсім були чужі, а тут бабуся й мамуся кажуть, що можна й треба рвать.

ІВАН НЕЧУЙ-ЛЕВИЦЬКИЙ

Діти знов полізли крадькома на грушу. Мотря вискочила з дубцем і побила дітям спини;

На Лавріновому дворі піднявся гвалт. Через тин лялись вже не жінки, а чоловіки. Лаврін доказував, що то груша його, бо він її прищепив, бо йому подарував батько, а Карпо доказував, що груша його, бо росте в його городі.

– Коли вже на те пішло, то я маю право на половину груш, бо груша моя. Про мене, йди позивай мене в волость, – говорив Лаврін.

– Ба не дам і половини, бо груша росте на моїй землі. Мало чого там батько не говорив колись, – говорив Карпо.

А діти все лазили в дядьків огород, а Мотря все частувала їх різкою. Брати мусили йти в волость. У волості присудили, щоб Карпо давав щороку половину груш Лаврінові або щоб одгородив до Лаврінового двору грушу з землею на два аршини та й продав Лаврінові ту землю навіки.

– Авжеж! Так оце продам два аршини землі! – кричав Карпо. – Я й Лавріних грошей не хочу і землі не дам. Про мене, нехай приймає собі грушу на свій двір, – говорив Карпо.

– Але ж, чоловіче, груші не можна прийнять, – говорив у волості голова, – а рубати доброго дерева гріх. Давай щороку половину груш Лаврінові, та й ідіть собі з богом.

Лаврін і Карпо вийшли з волості і нібито помирилися. Карпо пристав на те, щоб давати половину груш Лаврінові.

Прийшли вони додому. Карпова жінка заспівала іншої.

– За що їм давати половину? Чи то можна? Це вони схотять, щоб ми давали їм половину картоплі та буряків. Це все свекруха наговорює в волості.

Мотря знов ганяла Лаврінових дітей з свого города ломакою, доки груші зовсім не обірвали то Мотрині, то Лаврінові діти.

Минула зима, знов настало літо. Капосна груша, неначе на злість, ще більше розрослась і вшир і вгору, знов уродила і стояла рясна, як облита. Груш уродило мішків зо три, коли не більше. Груші були здорові і дорого коштували на ярмарку. Тут уже пахло карбованцями, а це для селян, було не жарти.

Знов почалась така сама комедія. Ще груші не достояли, а Лаврінові діти кинулись на їх, як бджоли на мед. Мотря вибігла з коцюбою, побила дітей, ще й груші поопднімала. Мелашка розлютувалась за своїх дітей, як вовчиця, кинулась до Мотрі й трохи не здерла із неї очіпка. Карпо і Лаврін пішли до священика. Священик раяв їм зробити так само, як передніше раяли в волості.

– Ти, Карпе, заплати Лаврінові одчіпного три карбованці, і нехай груша буде навіки твоя. Ти, Лавріне, пристаєш на те? – спитав священик

– Чи то можна пристати на те, – сказав Лаврін. – Я щороку продам груш за три карбованці, а то щоб я взяв три карбованці раз, та й годі. От нехай мені Карпо одріже на два аршини землі з грушею та й одгородить. От на це я пристану.

– Авжеж! В мене й так огороду обмаль, ще й одріж йому на два аршини. Я на це не пристану, – сказав Карпо. – Про мене, Лавріне, бери грушу та пересади в свій город.

ІВАН НЕЧУЙ-ЛЕВИЦЬКИЙ

– То діліться щороку грушами пополовині, – сказав священик.

– Коли ж, батюшко, Лаврінові діти лазять у город, вибачайте, як свині, й толочать огородину, а стара мати ще й намовляють їх, – сказав Карпо.

– Бо твоя жінка таки гадюка, вибачайте в цім слові, батюшко. Твою жінку тільки посадить в клітку та показувати за гроші, як звірюку, на ярмарках. Вона кривдила, батюшко, й нашу матір, вибила їй око, й моїх дітей так і лупить ломакою по чому влучить, – жалівся Лаврін.

– Ну, то як же воно буде? – спитав священик.

– Нехай так буде, батюшко, як ви скажете. Так, як ви присудите, так воно вже нехай і буде! – сказали брати.

– То я ж кажу, щоб Карпо заплатив тобі три або чотири карбованці, та й нехай буде груша його, то й сварки більше не буде між вами, – знов сказав священик.

– Зроду на це не згоджусь! – сказав Лаврін. – Там батюшко, груші, вибачайте, коли ласка, як ваші кулаки. Я щороку продам груш два або й три мішки за три або й за чотири карбованці.

– Ну, то ти, Карпе, одріж йому землю з грушею.

– Хіба я таки сказився чи з глузду з'їхав, щоб одрізувать землю, – сказав Карпо.

– То йдіть собі та, про мене, вдавіться тими грушами разом з своїми жінками, – сказав священик, пішов у кімнату та й зачинив двері.

Карпо і Лаврін постояли й пішли додому та все лаялись. Лаврін кричав, що візьме сокиру та й зрубає грушу. Вони застали на дворі коло груші колотнечу: Мотря лупила коцюбою Лаврінових дітей, Мелашка з бабою одгризались од Мотрі і неначе гавкали через тин. Люди з кутка почали збігаться. Прибігли й баба Палажка Со-лов'їха, а за нею баба Параска Гришиха.

– Ой господи! Якби хто взяв Лаврінову хату та оді-пхнув її, – сказала премудра баба Палажка, – геть-геть на гору або й за гору, а Карпову хату одсунув ген-ген за ставок, аж у діброву, то вони б помирились.

– Навчай, навчай! Яка премудра! – не втерпіла баба Параска. – Подивись, лишень, на себе! Коли б твого чо-ловіка хто посунув за діброву, а твою дочку аж за Рось, а тебе аж у саме пекло, то, може б, і між вами був мир.

Діло з грушею скінчилось несподівано.Груша всхла, і дві сім'ї помирились.В обох садибах настала мирнота й тиша.

1878 року

www.glagoslav.nl

www.ingramcontent.com/pod-product-compliance
Lightning Source LLC
Chambersburg PA
CBHW030939210726
48290CB00007B/2255